Parce qu'une intrigu...   ...e ses
contemporains, pris c...   ...e de
1914-1918, ont besoin ...   ...se (à
demi américaine par s...   ...cier
en dehors de son ser...   ...ppelle
Agatha Miller et vient d...   ...l. Elle est née en
1890 à Torquay, dans ...   ...elle a reçu à domicile une
éducation soignée, et elle ...   ...depuis longtemps poèmes, contes et
nouvelles.

Son premier roman, *La Mystérieuse Affaire de Styles*, ne trouve
d'éditeur qu'en 1920. Son septième, *Le Meurtre de Roger Ackroyd*,
classe en 1926 Agatha Christie parmi les « grands » du policier, et
son héros, le détective belge *Hercule Poirot*, parmi les vedettes du
genre – où le rejoindra, un peu plus tard, la sagace *Miss Marple*. Le
succès est dès lors assuré à tous ses ouvrages qui paraissent au
rythme d'un ou deux par an.

Divorcée en 1928, Agatha Christie s'est remariée en 1930 avec
l'archéologue Max Mallowan qu'elle accompagne en Syrie et en
Irak dans ses campagnes de fouilles, comme elle le dit dans son
autobiographie : *Come, tell me how you live* (Dites-moi comment
vous vivez, 1946).

Sous le nom de Mary Westmacott, elle a publié plusieurs romans
dont : *Unfinished Portrait* (Portrait inachevé, 1934), *Absent in the
Spring* (Loin de vous ce printemps, 1944), *The Rose and the Yew
Tree* (L'If et la Rose, 1948), *A Daughter's a Daughter* (Ainsi vont les
filles, 1952), *The Burden* (Le Poids de l'amour, 1956). Enfin, elle a
triomphé au théâtre dans *Witness for the Prosecution* (Témoin à
charge, 1953).

Agatha Christie est morte dans sa résidence de Wallingford, près
d'Oxford (Angleterre), en janvier 1976. Elle est un des auteurs les
plus lus dans le monde.

Paru dans Le Livre de Poche :

AGATHA CHRISTIE

Poirot quitte la scène

TRADUIT DE L'ANGLAIS
PAR JEAN-ANDRÉ REY

LIBRAIRIE DES CHAMPS-ÉLYSÉES

Titre original :

CURTAIN
Poirot's last case

CHAPITRE PREMIER

Quel est celui qui n'a jamais ressenti un soudain serrement de cœur à revivre une ancienne expérience ou à éprouver une émotion inhabituelle?

« J'ai déjà fait cela. »

Pourquoi ces simples mots nous émeuvent-ils toujours aussi pronfondément?

Telle était la question que je me posais alors que, assis dans un coin de mon compartiment, je regardais défiler le paysage plat et monotone de l'Essex.

Combien de temps s'était-il écoulé depuis que j'avais fait ce même voyage avec la stupide impression que le meilleur de ma vie était déjà derrière moi? Blessé au cours de cette guerre qui, pour moi, serait toujours *la* guerre, en dépit du fait qu'elle a été surpassée depuis lors par une seconde plus terrible encore, j'étais persuadé en 1916 que j'étais déjà mûr! J'étais alors incapable de comprendre que, en réalité, ma vie ne faisait que commencer.

J'allais sans le savoir encore, d'ailleurs, à la rencontre de l'homme dont l'influence devait modeler et façonner ma vie. En fait, je me rendais chez mon vieil ami John Cavendish dont la mère, récemment remariée, possédait une maison de campagne baptisée « Styles Court ». Je ne voyais dans ce voyage que l'agrément d'aller renouer de sympathiques relations, loin de me douter que je serais sous peu plongé dans les ténébreuses complications d'un crime mystérieux.

C'était donc à Styles(1) que j'avais retrouvé Hercule Poirot, cet étrange petit bonhomme dont j'avais fait la connaissance en Belgique. Je me rappelle encore ma stupéfaction en le voyant remonter la grand-rue du village de sa démarche un peu claudicante, le visage orné de son extraordinaire moustache.

Hercule Poirot! Depuis cette époque, il était resté mon ami le plus cher, et c'était en pourchassant avec lui un autre meurtrier que j'avais rencontré celle qui devait devenir ma femme : la plus douce, la plus loyale, la plus merveilleuse compagne qu'un homme ait jamais eue(2). Elle reposait maintenant dans la terre d'Argentine, morte — comme elle l'aurait souhaité — sans éprouver de longues souffrances ni connaître la débilité de la vieillesse. Hélas, elle avait laissé derrière elle un homme solitaire et désemparé.

Ah! si j'avais pu revenir en arrière, recommencer ma vie! Si j'avais pu me retrouver par magie en ce jour de 1916 où j'allais à Styles pour la première fois!... Que de changements avaient eu lieu depuis lors! Quels vides parmi les visages familiers! Quant à la maison elle-même, elle avait été vendue. John Cavendish était mort, mais sa femme Mary — cette fascinante et énigmatique créature — était encore en vie, quelque part dans le Devon. Laurence, lui, habitait l'Afrique du Sud, avec sa femme et ses

(1) Lire : *La mystérieuse Affaire de Styles* (Le Masque n° 106 ou Œuvres complètes d'Agatha Christie vol. 8)

(2) Lire : *Le Crime du Golf* (Le Masque n° 118 ou Œuvres complètes d'Agatha Christie vol. 3)

enfants. Des changements, oui. Des changements partout.

Seule, une chose était restée étrangement semblable : je retournais à Styles pour y retrouver Hercule Poirot.

J'avais été fort étonné, quelques jours plus tôt, de recevoir une lettre de lui portant l'en-tête de Styles Court, car je ne l'avais pas vu depuis plus d'un an. Cette dernière rencontre m'avait d'ailleurs attristé; je devrais presque dire bouleversé. Poirot, qui était maintenant très âgé, était perclus d'arthrite. Il était allé en Egypte, dans l'espoir d'améliorer sa santé, mais son état, me disait-il dans sa lettre, était demeuré stationnaire. Malgré cela, sa lettre ne manquait pas d'un certain entrain...

... Et n'êtes-vous pas intrigué, mon ami, de voir l'adresse d'où je vous écris? Cela vous rappelle des souvenirs, n'est-il pas vrai? Oui, je suis à Styles. Imaginez-vous que c'est à présent une pension de famille, tenue par un de vos anciens colonels très vieille école. C'est sa femme, bien entendu, qui s'occupe de la question financière. Elle connaît certes son affaire, mais elle a la langue bien affilée, au grand désespoir du pauvre colonel. A sa place, je ne me laisserais pas faire, je vous l'assure!

J'ai découvert l'annonce qu'ils ont fait passer dans les journaux, et l'envie m'a pris de revoir cet endroit qui fut mon premier refuge en Angleterre. A mon âge, on aime à revivre le passé.

D'autre part, j'ai trouvé ici un baronnet qui est un ami du patron de votre fille. (Cette phrase ressemble un peu à un exercice de grammaire, ne croyez-vous pas?) Il a incité les Franklin à venir passer l'été ici. A mon tour, maintenant, de chercher à vous persuader, et nous serons tous ensemble, en famille *(1)*. Ce sera extrêmement agréable. Donc, mon cher Hastings, dépêchez-vous, arrivez avec la plus grande célérité. Je vous ai retenu une chambre avec bain — le cher vieux Styles s'est modernisé!(1) et j'ai débattu le prix de pension jusqu'à vous obtenir des conditions très avantageuses.

Les Franklin et votre charmante Judith sont ici depuis quelques jours. Tout est arrangé, il est donc inutile que vous cherchiez des échappatoires.

A bientôt

Toujours vôtre,

Hercule POIROT

La perspective était attrayante, et j'avais accédé sans faire de difficultés aux vœux de mon vieil ami. Je n'avais pas d'attaches. De mes deux fils, l'un était dans la Marine; l'autre, marié, s'occupait de notre ranch d'Argentine. Ma fille Grace, qui avait épousé un militaire, se trouvait présentement aux Indes. Ma dernière, Judith, était celle que j'avais toujours préférée en secret, bien que je ne l'eusse jamais bien comprise. C'était une enfant mystérieuse, réservée, qui avait l'habitude de tout garder pour elle et ne prenait conseil de personne. Cette attitude m'avait souvent affligé, mais ma femme comprenait mieux notre fille, et elle m'assurait qu'il ne s'agissait pas, de la part de Judith, d'un manque de confiance mais plutôt d'une sorte de pudeur inconsciente. Pourtant, tout comme moi, elle se faisait parfois du souci; car, disait-elle, les sentiments de Judith étaient trop intenses, trop concentrés, et sa réserve instinctive la privait d'une soupape de sûreté. Elle avait des accès

_____

(1) En français dans le texte.

8

bizarres de mélancolie et un sectarisme un peu teinté d'amertume. Par contre, c'était de loin la plus intelligente de nos enfants, et nous avions cédé de grand cœur à son désir de poursuivre des études universitaires. Elle avait obtenu son diplôme scientifique l'année précédente et avait accepté un poste d'assistante auprès d'un médecin engagé dans des travaux de recherche concernant les maladies tropicales.

Je m'étais parfois demandé, non sans une certaine crainte, si l'acharnement de Judith à son travail et son dévouement envers son employeur ne signifiaient pas qu'elle était en train de laisser un peu de son cœur dans l'aventure. Pourtant, le caractère sérieux de leurs relations me rassurait. Je crois que Judith m'aimait bien, au fond, mais elle était de nature peu expansive, et elle affectait volontiers un certain mépris envers ce qu'elle appelait mes idées sentimentales et désuètes. Franchement, j'étais un peu inquiet à son sujet.

J'en étais à ce point de mes méditations lorsque le train s'arrêta en gare de Styles St. Mary. Là, du moins, rien n'avait changé. Le temps avait passé, mais la minuscule gare, sans raison apparente, se dressait toujours au milieu des champs.

Tandis que mon taxi traversait le village, cependant, je me rendais compte de la fuite du temps. Styles St. Mary était presque méconnaissable. Des stations-service, un cinéma, deux hôtels supplémentaires et des rangées d'habitations à loyer modéré.

La voiture franchit bientôt la grille de Styles Court. Là, il me sembla soudain que nous remontions dans le temps. Le parc était à peu près tel que je me le rappelais, mais la grande allée était mal entretenue, et les mauvaises herbes se frayaient un

9

chemin à travers le gravier. A un tournant, nous aperçûmes bientôt la maison. L'extérieur en était inchangé, mais la façade et les volets auraient eu besoin d'une couche de peinture.

Lors de ma première arrivée, il y avait de cela bien des années, une silhouette féminine était penchée au-dessus d'un des parterres. Il en était de même cette fois, et il me sembla que mon cœur s'arrêtait de battre. Puis la femme se redressa et s'avança à ma rencontre. Je souris intérieurement, car il n'aurait pu exister un plus grand contraste entre la robuste Evelyn Howard d'autrefois et la personne qui se trouvait en ce moment devant moi, une frêle créature d'un certain âge avec une abondante chevelure blanche et bouclée, des joues roses et des yeux bleu pâle au regard froid qui contrastaient avec la jovialité de ses manières un tantinet trop exubérantes pour mon goût.

— Vous êtes le capitaine Hastings, n'est-ce pas? me demanda-t-elle aussitôt. Mon Dieu! Et moi qui ai les mains toutes maculées de terre! Nous sommes enchantés de vous avoir ici. Nous avons tellement entendu parler de vous! Permettez-moi de me présenter : je suis Mrs. Luttrell. Mon mari et moi avons acheté cette maison sur un coup de tête, et nous essayons maintenant d'en tirer des bénéfices. Je n'aurais jamais songé qu'un jour je dirigerais une pension de famille. Mais je tiens à vous avertir, capitaine Hastings, que je suis une femme d'affaires et que je pousse autant que je le peux à la consommation des suppléments.

Nous rîmes tous les deux, comme s'il s'agissait d'une bonne plaisanterie; puis il me vint à l'idée que ce que venait de déclarer Mrs. Luttrell était fort probablement l'exacte vérité. Derrière le masque de ses manières de charmante vieille dame, il me semblait entrevoir une implacable dureté.

Je demandai des nouvelles de mon ami.

— Ah! pauvre M. Poirot! Si vous saviez avec quelle impatience il attend votre arrivée! Il faudrait avoir un cœur de pierre pour ne pas se sentir ému, et je le plains sincèrement.

Mrs. Luttrell parlait par moments avec un léger accent irlandais, mais il était évident que c'était là pure affectation. Elle ôta ses gants de jardinage, et nous prîmes la direction de la maison.

— Et votre jeune fille, continua-t-elle, quelle ravissante créature! Tout le monde, ici, éprouve pour elle une admiration sans bornes. Mais, voyez-vous, moi, je suis très vieux jeu, et il me semble que c'est un crime d'obliger une jeune femme comme elle à passer ses journées penchée sur un microscope. Au lieu de cela, elle devrait pouvoir sortir, aller danser, fréquenter des gens de son âge.

— Où est-elle en ce moment? Quelque part dans les environs?

Mrs. Luttrell esquissa ce que les enfants appellent une grimace.

— Pauvre fille! Elle est, comme d'habitude, enfermée dans cet atelier que j'ai loué au docteur Franklin et qu'il a fait aménager à son idée. Il y a là des quantités de souris, de cobayes, de lapins... J'avoue que je n'aime guère ce genre de science... Ah! voici mon mari.

Le colonel Luttrell venait d'apparaître à l'angle de la maison. C'était un homme très grand et maigre, avec un visage cadavérique, des yeux bleus au regard doux. Il paraissait de tempérament plutôt nerveux et avait la manie de tirailler, tout en parlant, sa petite moustache blanche.

— George, annonça Mrs. Luttrell, le capitaine Hastings est là.

Le colonel me tendit la main.

— Vous êtes arrivé par le train de... euh... cinq heures quarante, hein?

— Par quel autre aurait-il bien pu arriver? répliqua sa femme d'un ton acerbe. Et puis, d'ailleurs, qu'est-ce que ça peut faire? Va donc lui montrer sa chambre. Ensuite peut-être voudra-t-il aller voir son ami M. Poirot. A moins que... vous ne préfériez prendre le thé d'abord, capitaine Hastings.

Je lui assurai que je n'avais pas envie de thé et que j'aimais mieux aller saluer mon vieil ami sans plus tarder.

— D'accord, dit le colonel. Si vous voulez bien me suivre... Euh... a-t-on monté les bagages du capitaine, Daisy?

— Ça, George, c'est ton affaire, répliqua Mrs. Luttrell d'un ton revêche. Moi, je fais du jardinage et je ne peux pas m'occuper de tout.

— Non, bien entendu. Je vais vérifier.

Je gravis le perron à sa suite. Sur le seuil de la porte, nous croisâmes un homme aux cheveux blancs, de constitution plutôt frêle, avec un air étonné et un visage enfantin. Il boitait légèrement et tenait à la main une paire de jumelles.

— Il y a un ou deux... nids... près du sycomore, dit-il d'une voix un peu bégayante.

Dès que nous fûmes dans le hall, Luttrell se tourna vers moi.

— C'est Norton, expliqua-t-il. Un brave garçon, qui a la passion des oiseaux et des fleurs.

Dans le vestibule, un homme de haute taille était debout près du téléphone.

— Je voudrais pouvoir pendre, étriper ou écarte-

12

ler tous ces entrepreneurs du diable! grommela-t-il. Ils ne peuvent jamais rien faire de convenable.

Sa colère était si comique et si outrée que nous nous mîmes à rire. Il me fut tout de suite sympathique. C'était encore un très bel homme, bien qu'il eût largement dépassé la cinquantaine. Son visage tanné laissait deviner qu'il avait beaucoup vécu au grand air. D'autre part, il appartenait apparemment à ce type de plus en plus rare : l'Anglais de la vieille école, franc et sans détours, sachant commander. Je n'éprouvai donc pas une grande surprise lorsque le colonel Luttrell me le présenta sous le nom de Sir William Boyd Carrington. Je n'ignorais pas qu'il avait été gouverneur d'une province des Indes, où il avait obtenu d'incontestables succès. Il avait également la réputation d'être un tireur d'élite et un chasseur de gros gibier. Un de ces hommes, pensai-je tristement, que notre époque décadente ne fabrique plus.

— Ah! s'écria-t-il en riant, je suis heureux de voir enfin en chair et en os ce célèbre personnage qu'est *mon ami Hastings*(1). Notre vieux Belge parle beaucoup de vous. Et puis, nous avons aussi parmi nous votre ravissante jeune fille. Une fort belle enfant, ma foi.

— Je ne crois pas, répondis-je en souriant, que Judith vous ait souvent parlé de moi.

— Non, évidemment. Beaucoup trop moderne pour ça. De nos jours, les jeunes filles paraissent toujours gênées de devoir admettre qu'elles ont un père et une mère.

— C'est bien vrai, soupirai-je. Les parents sont pratiquement considérés comme une disgrâce.

(1) En français dans le texte.

13

Boyd Carrington se mit à rire à nouveau.

— J'ignore le genre de déception que vous pouvez éprouver, car je n'ai malheureusement pas d'enfants. Votre Judith est une très belle jeune fille, mais terriblement fière. Je trouve ça plutôt inquiétant.

Il reprit l'appareil téléphonique.

— J'espère que ça ne vous gêne pas, Luttrell, si je secoue un peu votre maudit central. Je ne suis pas très patient.

— Ça leur fera le plus grand bien, déclara le colonel en se dirigeant vers l'escalier.

Je le suivis. Il me conduisit vers l'aile gauche de la maison et s'arrêta devant une porte, à l'extrémité du couloir. Poirot m'avait fait attribuer la chambre que j'avais occupée autrefois.

Des changements s'étaient produits, cependant. Tout au long du couloir, plusieurs portes étaient ouvertes, et j'avais pu constater que les immenses pièces de jadis avaient été cloisonnées pour faire des chambres plus petites. Mais la mienne, qui n'avait jamais été très vaste, était restée inchangée. On y avait seulement aménagé, dans un angle, une minuscule salle de bains. Elle contenait des meubles modernes et bon marché qui me causèrent une certaine déception. J'aurais préféré un style plus approprié à l'architecture de la maison elle-même.

Mes bagages avaient été montés. Le colonel m'expliqua que la chambre de Poirot se trouvait exactement en face de la mienne, et il s'apprêtait à m'y conduire lorsqu'un appel impératif retentit en bas, dans le hall.

— George!

Le colonel tressaillit comme un cheval ombrageux et porta la main à sa bouche.

— Je... je... vous êtes sûr que ça ira, capitaine Hastings? Sonnez si vous avez besoin de quelque chose.

— George!

— Je viens, mon amie, je viens.

Je le regardai s'éloigner précipitamment. Puis, le cœur battant, je traversai le couloir et allai frapper à la porte de Poirot.

CHAPITRE II

Rien n'est plus triste, à mon avis que la dégradation apportée par l'âge.

Mon pauvre ami. Je l'ai décrit maintes fois; aussi bien ne ferai-je maintenant que mentionner les changements qui s'étaient produits en lui. Perclus d'arthrite, il ne se déplaçait plus que dans un fauteuil roulant. Son corps, autrefois plutôt replet, avait littéralement fondu, et son visage était sillonné de rides. Sa moustache et ses cheveux, il est vrai, étaient encore noir de jais. Bien entendu, je n'aurais pour rien au monde voulu blesser ses sentiments; tout de même, je pensais que c'était là une erreur, car il arrive un moment où la teinture des cheveux devient trop flagrante. A une certaine époque j'avais été étonné d'apprendre que le noir intense des cheveux de Poirot était dû à l'usage régulier d'une teinture. Mais à présent, le truc était manifeste. On avait l'impression qu'il portait une perruque et qu'il n'avait orné sa lèvre supérieure que pour amuser les enfants. Seuls, ses yeux n'avaient pas changé : ils étaient toujours aussi vifs et pétillants. De plus, en ce moment, leur regard était adouci par une incontestable émotion.

— Ah! mon ami Hastings, mon ami Hastings...

Je me penchai vers lui et, selon son habitude, il m'embrassa chaleureusement.

— Mon ami Hastings, répéta-t-il.

Il s'appuya contre le dossier de son fauteuil, la tête penchée un peu de côté et se mit à m'observer.

— Oui, toujours le même. Bien droit, les épaules carrées, et vos cheveux grisonnants vous donnent un air *très distingué*. (1) Vous êtes remarquablement conservé, mon cher. Et *les femmes*? (1) Est-ce qu'elles s'intéressent toujours à vous?

— Réellement, Poirot, protestai-je, faut-il que vous...

— Je puis vous assurer, mon ami, que c'est un test. Le test numéro un. Par contre, lorsque les très jeunes filles viennent vous parler bien gentiment, vous pouvez dire que c'est la fin. « Pauvre homme, songent-elles, il nous faut être aimables envers lui. Ce doit être si affreux d'être comme ça. » Mais vous, Hastings, vous êtes encore jeune. Pour vous, il y a encore des possibilités.

J'éclatai de rire.

— Poirot, vous dépassez vraiment la mesure. Et vous, comment vous sentez-vous?

Il esquissa une grimace.

— Moi, je ne suis plus qu'une ruine. Je ne peux pas marcher, je suis presque infirme. Mais grâce à Dieu, je puis tout de même manger sans aide. Pour le reste, il faut qu'on s'occupe de moi comme d'un bébé : on doit me coucher, me lever, m'habiller... Enfin, tout ça n'est pas drôle. Heureusement, bien que l'extérieur se délabre, l'intérieur reste en bon état.

(1) En français dans le texte.

— Certes, je suis persuadé que vous avec encore le cœur solide.

— Le cœur? Ce n'est pas à lui que je songeais : je voulais parler du cerveau, Hastings. Mon cerveau fonctionne encore magnifiquement.

Du moins pouvais-je constater que son cerveau n'avait subi aucun changement en ce qui concernait sa modestie.

— Et vous vous plaisez ici? demandai-je.

Il haussa les épaules.

— Ça me suffit. Bien entendu, ce n'est pas le *Ritz*. La chambre qu'on m'avait d'abord attribuée était à la fois trop petite et mal meublée. J'ai pu obtenir celle-ci sans augmentation de prix. Quant à la cuisine, c'est vraiment la cuisine anglaise dans ce qu'elle a de pire. Les choux de Bruxelles — que les Anglais apprécient tellement — sont aussi durs qu'énormes; les pommes de terre tantôt trop cuites et tantôt pas assez. Enfin, en règle générale, les légumes n'ont qu'un seul goût : celui de l'eau. Et ne disons rien de l'absence totale de sel et de poivre...

— Tout cela ne me paraît pas très réjouissant.

— Je ne me plains pas, notez bien.

Mais Poirot poursuivit tout de même ses doléances.

— Il y a aussi la prétendue modernisation. Des salles de bains et des tas de robinets, c'est vrai. Mais voulez-vous savoir ce qui sort de toute cette robinetterie chromée? La plupart du temps, de l'eau tiède, mon ami. Et les serviettes de toilette sont si minces, si maigres, les pauvres!

— Autrefois, c'était autre chose, dis-je d'un air pensif.

Je me rappelais, en effet, les nuages de vapeur qui jaillissaient du robinet d'eau chaude dans l'unique salle de bains de Styles; une de ces salles de bains où une grande baignoire habillée d'acajou trônait au milieu de la pièce carrelée. Et les immenses serviettes de bain...

— Mais il ne faut pas se plaindre, continua Poirot. Je suis content de souffrir pour une bonne cause.

Une pensée soudaine traversa mon esprit.

— Dites-moi, Poirot, vous n'êtes pas... euh... dans la gêne, n'est-ce pas? Je sais que la guerre a porté un rude coup à la plupart des valeurs et que les circonstances économiques, depuis lors...

Il s'empressa de me rassurer.

— Non, non, mon ami. Je suis parfaitement à mon aise. A la vérité, je suis même riche. Ce n'est donc pas pour des raisons d'économie que je suis venu ici.

— Dans ce cas, tout est pour le mieux. Je crois comprendre ce que vous ressentez. A mesure que l'on avance en âge, on a de plus en plus tendance à se reporter aux jours passés. On essaie de retrouver les anciennes émotions. En un certain sens, il m'est un peu pénible d'être à nouveau ici; et pourtant, cela me rappelle tant de choses, me fait revivre tant d'émotions que je ne me souvenais même plus d'avoir ressenties. Je suppose que vous éprouvez les mêmes sentiments.

— Pas le moins du monde. Je n'éprouve rien de tel.

— C'était pourtant le bon temps, fis-je remarquer non sans une certaine tristesse.

— Parlez pour vous, Hastings. En ce qui me concerne, mon arrivée à Styles St. Mary a été un moment fort pénible. J'avais été blessé et je n'étais plus qu'un réfugié parmi tant d'autres, exilé de mon foyer et de mon pays, ne vivant que de la charité d'un pays étranger. Ce n'était pas gai, je vous assure. Je ne savais pas alors que l'Angleterre deviendrait finalement mon chez-moi et que j'y trouverais le bonheur.

— J'avais oublié tout cela, avouai-je.

— Précisément. Vous attribuez toujours aux autres les sentiments que vous éprouvez vous-même. Hastings était heureux : donc, tout le monde était heureux.

— Non, tout de même pas, protestai-je en riant.

— Et d'ailleurs, ce n'était pas vrai. Vous regardez derrière vous, les larmes aux yeux, en soupirant : « Oh, les heureux jours! J'étais jeune, alors. » Mais, en réalité, mon ami, vous n'étiez pas aussi heureux que vous l'imaginiez. Vous veniez, vous aussi, d'être blessé, et vous enragiez de ne plus être apte au service actif. Vous aviez été déprimé au-delà du possible par votre séjour dans une maison de convalescence et, autant que je m'en souvienne, vous aviez encore compliqué les choses en tombant amoureux de deux femmes en même temps.

Je ris encore et ne pus m'empêcher de rougir.

— Quelle mémoire vous avez, Poirot!

— Ta, ta, ta! Je me rappelle encore les soupirs de mélancolie que vous poussiez tout en me débitant des tas de sottises sur ces deux charmantes femmes.

— Et vous souvenez-vous aussi de ce que vous m'avez dit? « Aucune de ces deux n'est pour vous. Mais *courage, mon ami*(1). Peut-être chasserons-nous de nouveau ensemble. Et alors... qui sait? »

Je m'arrêtai. Poirot et moi avions en effet chassé

_____

(1) En français dans le texte.

de nouveau ensemble. En France, cette fois. Et c'était dans ce pays que j'avais rencontré la seule femme...

Poirot me tapota doucement le bras.

— Je sais, Hastings, je sais. La blessure est encore fraîche, mais il ne faut pas s'appesantir. Regardez devant vous; pas en arrière.

J'esquissai un geste de découragement.

— Regarder devant moi! Mais qu'y a-t-il, désormais, devant moi?

— Eh bien, mon ami, il y a d'abord une tâche à accomplir.

— Une tâche? Où?

— Ici même.

Je le considérai d'un air ébahi.

— Vous m'avez demandé tout à l'heure, continua-t-il, la raison de ma présence à Styles. Et vous n'avez peut-être pas remarqué que j'ai évité de vous répondre. Mais maintenant, je vais le faire. Je suis ici, Hastings, pour donner la chasse à un meurtrier.

Je le regardai de nouveau, de plus en plus abasourdi. Et pendant un instant — je l'avoue à ma grande honte — je crus qu'il divaguait.

— Parlez-vous... sérieusement? bredouillai-je enfin.

— Bien entendu. Pour quelle autre raison aurais-je pu vous demander de venir? Mes membres sont affaiblis, mais mon cerveau est intact. Ma règle, vous le savez, n'a jamais changé. Il suffit de rester tranquillement dans un fauteuil et de réfléchir. Et ça, c'est encore dans mes possibilités. En fait, c'est même la seule chose que je puisse faire. Pour la partie active de mes recherches, j'aurai près de moi mon inestimable Hastings.

— Parlez-vous sérieusement? répétai-je.

— Certes. Vous et moi, Hastings, allons à nouveau nous mettre en chasse.

Il me fallut plusieurs minutes pour me convaincre que Poirot ne plaisantait pas. Mais, bien que sa déclaration parût fantastique, je n'avais aucune raison de douter de son jugement.

— Vous êtes enfin convaincu, hein? reprit-il avec un léger sourire. Tout d'abord, vous vous êtes dit que mon cerveau s'était quelque peu ramolli, n'est-il pas vrai?

Je me hâtai de protester.

— Non, non. Mais cet endroit me paraît si peu propice à un crime...

— Croyez-vous?

— Naturellement, je n'ai pas encore vu tout le monde.

— Qui avez-vous déjà rencontré?

— Uniquement les Luttrell, puis un homme du nom de Norton — qui me paraît bien inoffensif — et enfin Boyd Carrington, que j'ai trouvé fort sympathique.

Poirot esquissa un petit signe de tête.

— Eh bien, Hastings, je vais vous dire ceci : quand vous aurez vu les autres habitants de cette maison, mon affirmation vous paraîtra tout aussi fantastique.

— Qui y a-t-il encore?

— Le docteur Franklin et sa femme; Miss Craven — l'infirmière qui soigne Mrs. Franklin — ; votre fille Judith; une certaine Miss Cole — âgée d'environ trente-cinq ans — ; et enfin un homme nommé Allerton, qui est une sorte de don Juan. J'ajoute que ce sont tous des gens charmants.

— Et l'un d'eux est un meurtrier?

— L'un d'eux est un meurtrier, déclara Poirot d'une voix grave.

— Mais comment... je veux dire... qu'est-ce qui vous le fait croire?

Je pouvais à peine formuler mes questions, tellement j'étais abasourdi.

— Calmez-vous, Hastings. Et commençons par le commencement. Attrapez-moi, je vous prie, cette serviette qui se trouve sur la commode. Bien. Et maintenant, la clef...

Il ouvrit le porte-documents de cuir et en tira des coupures de journaux ainsi qu'une liasse de feuillets dactylographiés.

— Prenez connaissance de ceci, Hastings. Pour le moment, inutile de vous tracasser avec les coupures de quotidiens : ce ne sont que des comptes rendus des différents drames — parfois assez suggestifs, mais trop souvent imprécis. Pour vous donner une idée de ces affaires, je vous conseille de lire le résumé que j'en ai fait.

Fort intrigué, je me mis à la lecture.

AFFAIRE A. ETHERINGTON

Leonard Ethrington. Mauvaises habitudes : boisson et drogues. Caractère excentrique et tempérament sadique. Femme jeune et attrayante, terriblement malheureuse auprès de lui. Etherington meurt, apparemment des suites d'une intoxication alimentaire. Médecin soupçonneux. L'autopsie révèle que la mort est due à un empoisonnement par l'arsenic. Provision d'herbicide dans la maison, mais achetée longtemps auparavant. Mrs. Etherington arrêtée et accusée de meurtre. S'était récemment liée avec un jeune fonctionnaire qui repartait pour les Indes. Aucune preuve d'infidélité, mais une vive sympathie entre eux. Le jeune homme s'est ensuite fiancé à une jeune fille rencontrée au cours de son voyage de retour aux Indes. On ne sait pas exactement si la lettre annonçant l'événement à Mrs. Etherington a été reçue par elle après ou avant la mort de son mari. Elle a affirmé que c'était avant. Les preuves contre elle ont été pour la plupart indirectes : absence d'un autre suspect possible; accident hautement improbable. A su éveiller la sympathie au cours du procès, en raison du caractère de son mari et des mauvais traitements qu'il lui avait infligés. Le résumé du juge a été en sa faveur, insistant sur le fait que le verdict du jury devait tenir compte du doute qui planait sur toute l'affaire. Mrs. Etherington acquittée. L'opinion publique la tenait cependant pour coupable. Après cela, isolée de ses anciennes connaissances qui lui battaient froid, sa vie est devenue particulièrement difficile. Décédée deux ans après le procès pour avoir absorbé une trop forte dose de somnifère. L'enquête a rendu un verdict de mort accidentelle.

AFFAIRE B. MISS SHARPLES
Vieille fille invalide et souffrant de douleurs violentes. Soignée par sa nièce, Freda Clay. Décédée à la suite de l'injection d'une dose excessive de morphine. Freda Clay admet son erreur, affirmant que les douleurs de sa tante étaient devenues intolérables et qu'elle avait seulement cherché à les atténuer. La police était d'avis qu'il ne s'agissait pas d'une erreur. Néanmoins, les preuves étaient insuffisantes pour donner lieu à poursuites.

AFFAIRE C. EDWARD RIGGS
Ouvrier agricole. Soupçonnait sa femme de le

tromper avec leur locataire, Ben Craig. Ce dernier et Mrs. Riggs trouvés tous deux abattus à l'aide d'un fusil appartenant à Riggs. Ce dernier va se livrer à la police en prétendant qu'il doit sans doute être coupable mais ne se souvient de rien. Condamné à la détention à vie.

AFFAIRE D. DEREK BRADLEY
Avait une liaison avec une jeune fille. Sa femme, ayant découvert son infidélité, avait proféré des menaces de mort à son égard. Bradley meurt empoisonné par du cyanure de potassium versé dans sa bière. Sa femme est arrêtée, jugée pour assassinat et condamnée après des aveux complets.

AFFAIRE E. MATTHEW LITCHFIELD
Tyran domestique d'un certain âge. Quatre filles à la maison, sans argent et privées du moindre plaisir. Un soir, rentrant chez lui, il est attaqué devant sa porte et assommé d'un coup sur le crâne. Après l'enquête de la police, sa fille aînée, Margaret va se livrer et s'accuser du meurtre, expliquant qu'elle a tué son père afin que ses jeunes sœurs puissent profiter de la vie avant qu'il ne soit trop tard. Litchfield était possesseur d'une grosse fortune. Margaret, jugée irresponsable, est envoyée à Bradmoor où elle meurt peu de temps après.

Je lus attentivement, mon étonnement croissant d'une seconde à l'autre. Finalement, je posai les feuillets et levai vers Poirot un regard interrogateur.

— Eh bien, mon ami?
— Je me souviens vaguement de l'affaire Bradley, dis-je lentement. Je l'avais plus ou moins suivie, à

l'époque. Je crois me rappeler que la femme était très jolie.

Poirot acquiesça d'un signe.

— Mais il vous faut m'éclairer un peu. Que signifie tout cela?

— Dites-moi d'abord comment vous voyez les choses.

J'étais passablement intrigué.

— Ce que je viens de lire, c'est un compte rendu de cinq crimes différents, qui ont eu lieu en divers endroits et dans différentes classes de la société. D'autre part, je ne puis distinguer la moindre ressemblance entre eux. L'un est un drame de la jalousie; un autre concerne une épouse malheureuse désirant se débarrasser de son mari; le troisième avait l'argent pour mobile; le quatrième avait, pourrait-on dire, un but désintéressé, puisque le coupable n'a même pas essayé d'échapper au châtiment; quant au cinquième, franchement brutal, il a probablement été commis sous l'empire de la boisson.

Je m'interrompis quelques secondes avant de demander avec un rien d'hésitation :

— Y a-t-il, entre ces différentes affaires, un point commun qui m'aurait échappé?

— Pas du tout. Vous avez été très clair. Le seul détail supplémentaire que vous auriez pu mentionner, c'est le fait que, dans aucune de ces affaires, il n'existait de doute véritable.

— J'avoue ne pas très bien vous suivre.

— Mrs. Etherington, par exemple, a été acquittée. Néanmoins, tout le monde était absolument persuadé qu'elle était coupable. Freda Clay n'a pas été inculpée, mais personne n'a envisagé la possibilité d'un autre coupable. Riggs a prétendu qu'il ne se rappelait pas avoir tué sa femme et l'amant de cette dernière; mais, là non plus, on n'a pu envisager la culpabilité de quelqu'un d'autre. Quant à Margaret Litchfield, elle a avoué. Voyez-vous, Hastings, dans chaque cas, il n'y avait qu'*un seul* suspect.

Je plissai le front.

— C'est vrai. Mais je ne vois toujours pas quelles conclusions vous pouvez en tirer.

— Attendez. J'en arrive à un point que vous ne connaissez pas encore. Supposez que, dans chaque affaire, il y ait eu un fait extérieur commun à toutes.

— Que voulez-vous dire?

— Laissez-moi présenter la chose de la façon suivante. Il existe une certaine personne que nous appellerons X. Dans aucune de ces affaires, X n'avait apparemment le moindre motif de tuer la victime. Et, dans un des cas, si mes renseignements sont exacts, il se trouvait à deux cent cinquante kilomètres du lieu du crime au moment où celui-ci a été commis. Néanmoins, je dois préciser qu'il était intimement lié à Etherington. Il a vécu pendant un certain temps dans le même village que Riggs. Il connaissait également Mrs. Bradley, et j'ai en ma possession un instantané — pris dans la rue — où on le voit en compagnie de Freda Clay. Enfin, il se trouvait à proximité de la maison de Litchfield au moment où celui-ci a été tué. Que dites-vous de ça?

Je le considérai avec de grands yeux.

— C'est un peu trop, dis-je ensuite d'une voix lente. On peut certes admettre des coïncidences dans deux affaires — trois à la rigueur —, mais cinq, c'est un peu dur à avaler. Si improbable que cela paraisse, il doit exister un lien quelconque entre ces différents crimes.

— Vous voici donc parvenu à la même conclusion que moi.

— A savoir que ce mystérieux X est le meurtrier. Ma foi, oui.

— Dans ces conditions, Hastings, je dois maintenant vous apprendre que X se trouve en ce moment dans cette maison.

— Ici, à Styles?

— A Styles. Et quelle déduction logique pouvons-nous en tirer?

Je savais déjà ce qu'il allait dire ensuite.

— Oui, mon ami, reprit Hercule Poirot d'un air grave, un autre meurtre sera bientôt commis ici.

CHAPITRE III

Pendant un moment, je le regardai sans parler, ébahi au plus haut degré. Je finis cependant par réagir.

— Ah non! Vous empêcherez ça.

Il me lança un regard affectueux.

— Mon brave et loyal ami, si vous saviez combien j'apprécie la confiance que vous placez en moi! Pourtant, je ne suis pas certain qu'elle soit justifiée dans le cas présent.

— Ne dites pas de sottises. Vous êtes capable de vous opposer à une telle chose.

— Réfléchissez une minute, Hastings, reprit-il d'un ton grave. Il est possible d'attraper un criminel. Mais comment s'y prendre pour empêcher un meurtre?

— Eh bien... vous... vous... je veux dire... si vous savez d'avance...

Je m'interrompis brusquement, conscient des difficultés de ma suggestion.

— Vous voyez? Ce n'est pas si simple. Il n'y a, en fait, que trois méthodes. La première consiste à mettre en garde la victime probable. Cela ne réussit pas toujours, car il est incroyablement difficile de convaincre certaines personnes qu'elles sont menacées d'un grave danger, surtout lorsque le péril risque de venir de quelqu'un qui leur est proche ou cher. Elles s'indignent et refusent d'y croire. On peut aussi avertir le criminel, lui dire en langage voilé : « Je suis au courant de vos intentions, et si Untel meurt, mon ami, c'est vous qui serez condamné. » Cette méthode réussit généralement mieux que la première, mais elle échoue tout de même souvent. Car le criminel est l'être le plus vaniteux qui soit : il est toujours plus intelligent que quiconque, personne ne le soupçonnera, il dépistera aisément la police... En conséquence, il poursuit son projet en dépit de tout, et la seule satisfaction que vous puissiez avoir, c'est de le faire condamner par la suite.

Il s'arrêta un instant pour reprendre bientôt d'un air pensif :

— Deux fois, au cours de ma carrière, j'ai ainsi lancé un avertissement à un criminel en puissance : une fois en Egypte, une autre fois ailleurs. Dans les deux cas, il était décidé à tuer... Il se peut fort bien qu'il en soit de même ici.

— Vous avez parlé d'une troisième méthode.

— Oui. Mais celle-là exige la plus grande habileté. Il s'agit de déterminer avec précision où et comment frappera le criminel, de manière à être prêt à agir au moment psychologique et à le prendre sur le fait; non point après qu'il a commis son forfait, mais à l'instant où il va le commettre. Il est évidemment indispensable que l'intention criminelle ne fasse aucun doute; et cela, je puis vous l'assurer, représente une difficulté quasi insurmontable. Je ne voudrais pour rien au monde garantir le succès d'une telle opération. Peut-être suis-je vaniteux, moi aussi, mais pas à ce point-là.

— Laquelle de ces méthodes vous proposez-vous d'adopter ici?

— Probablement les trois. Dans le cas présent, la

première est celle qui présente le plus de difficultés.

— J'aurais cru, au contraire, que c'était la plus facile.

— A condition de connaître la victime. Mais ne comprenez-vous pas que j'ignore qui elle doit être?

— Quoi?

J'avais poussé cette exclamation sans réfléchir. Ensuite, je commençai à entrevoir la difficulté de la tâche. Il devait forcément y avoir un lien entre les différents crimes dont je venais de lire le résumé, mais nous n'en connaissions aucunement la nature. Le mobile n'apparaissait pas. Dans ces conditions, comment savoir qui était menacé?

Poirot approuva d'un signe en se rendant compte que je saisissais la complexité de la situation.

— Vous le voyez, mon ami, ainsi que je vous le disais il y a un instant, ce n'est pas si facile.

— N'avez-vous, jusqu'a présent, trouvé aucun lien entre ces diverses affaires?

— Aucun.

Je réfléchis un instant: Dans les crimes d'A.B.C.(1), nous avions eu à enquêter sur des affaires qui semblaient se présenter en série alphabétique, alors qu'il s'agissait en réalité de tout autre chose.

— Etes-vous bien sûr, demandai-je, qu'il n'y a aucun lointain mobile d'ordre financier, comme dans l'affaire Evelyn Carlisle?

— Vous pouvez être assuré, Hastings, que ce mobile est le premier que je recherche.

C'était la vérité. Poirot avait toujours fait preuve d'un certain cynisme en ce qui concernait l'argent.

Je réfléchis encore. Pouvait-il s'agir d'une quelconque vendetta? Cela semblait plus en accord avec

(1) Lire : *A.B.C. contre Poirot.*

les faits. Mais même dans cette hypothèse, on ne pouvait distinguer aucun lien entre les différentes affaires évoquées. Je me rappelai avoir lu autrefois le récit d'une série de meurtres apparemment dépourvus de mobile. On découvrit ensuite que les victimes avaient toutes fait partie d'un certain jury, et que les crimes avaient été commis par l'homme qui avait été déclaré coupable par ce jury. Peut-être une circonstance du même genre pouvait-elle être envisagée dans le cas présent. Mais je dois avouer à ma grande honte que je gardai cette idée pour moi. Quel beau titre de gloire si je pouvais fournir à Poirot la solution du problème!

— Et maintenant, demandai-je, qui est votre mystérieux X?

Poirot secoua la tête d'un air décidé.

— Ça, mon ami, je ne vous le dirai pas.

— Pourquoi pas?

Un éclair de malice passa dans les yeux du vieux détective.

— Parce que, mon cher, vous êtes toujours le même Hastings : vous avez toujours votre visage transparent. Je ne tiens pas à ce que vous alliez considérer notre suspect bouche bée avec, inscrits sur votre physionomie, les mots : « Ce que je regarde là, c'est un meurtrier. »

— Vous pourriez tout de même m'accorder une certaine faculté de dissimulation quand elle est indispensable.

— Mon ami, lorsque vous essayez de dissimuler, c'est pire. Non, nous devons tous les deux garder le plus grand secret. Ensuite, quand le moment sera venu, nous agirons.

— Espèce de vieux démon! grommelai-je. J'ai bien envie de...

Je m'interrompis en entendant frapper à la porte.

— Entrez! dit Poirot.

Ma fille Judith apparut sur le seuil. J'aimerais pouvoir la décrire, mais les descriptions n'ont jamais été mon fort.

Judith est grande, avec un port de tête majestueux. Elle possède un très beau modelé de visage, avec un air grave et un tantinet hautain. J'ai souvent eu l'impression qu'il flottait autour d'elle comme une aura de tragédie.

— Bonjour, papa, me dit-elle avec un sourire.

Mais elle ne vint pas m'embrasser : ce n'est pas son genre. Son sourire était d'ailleurs un peu timide et gêné. Pourtant, en dépit de son manque de spontanéité, j'eus l'impression qu'elle était contente de me voir.

— Eh bien, je... suis là, bredouillai-je.

Je me sentais un peu ridicule, comme cela m'arrive souvent quand je m'adresse aux jeunes.

— C'est très gentil d'être venu, dit Judith.

— J'étais en train de parler de la cuisine de Styles, annonça Poirot qu'un mensonge n'avait jamais effrayé.

— Est-elle si mauvaise? demanda ma fille.

— Vous ne devriez pas demander ça, mon enfant. Ne pensez-vous donc à rien d'autre qu'aux tubes à essais et aux microscopes? Votre index garde encore une trace de bleu de méthylène. Ce ne sera pas très agréable pour votre mari si vous vous désintéressez de son estomac. Les hommes, vous savez...

— Il est fort probable que je n'aurai pas de mari.

— Mais bien sûr que si, vous en aurez un. Pourquoi croyez-vous que *le Bon Dieu* (1) vous ait créée?

(1) En français dans le texte.

— Pour bien des choses j'espère.

— Le mariage d'abord.

— Très bien. Alors, trouvez-moi un gentil mari, et je veillerai très soigneusement sur son estomac.

— Elle se moque de moi, dit Poirot en me regardant. Mais, un jour, elle se rendra compte de la sagesse des vieux.

On frappa de nouveau à la porte. Cette fois, c'était le docteur Franklin. Grand et sec, le visage anguleux, la mâchoire volontaire, les cheveux blond-roux et les yeux bleus, il paraissait avoir environ trente-cinq ans. C'était l'homme le plus étourdi que j'eusse jamais vu. Il se heurtait sans cesse aux objets qui se trouvaient autour de lui et s'arrangea, dès son entrée, pour bousculer l'écran qui se trouvait devant le fauteuil de Poirot, tout en bredouillant une excuse. J'avais envie de rire, mais je remarquai que Judith conservait le plus grand sérieux : elle devait évidemment être habitué à ce genre d'incident.

— Vous vous souvenez de mon père? dit-elle simplement.

Le docteur Franklin tressaillit, plissa les paupières et me scruta. Puis il me tendit la main.

— Bien sûr, bien sür, dit-il d'un air gêné. J'avais entendu dire que vous deviez venir.

Il se tourna vers Judith.

— Dites-moi, croyez-vous que nous soyons obligés d'aller nous changer? Sinon, nous pourrions poursuivre notre travail après le dîner. Si nous pouvions préparer d'autres plaques...

— Non, répondit Judith. J'aimerais parler à mon père.

— Oh! oui, bien entendu.

Il esquissa un sourire d'excuse. Un sourire timide et quelque peu enfantin.

— Je suis désolé. Je suis tellement plongé dans mes expériences que ça me rend égoïste. Pardonnez-moi.

La pendule se mit à sonner. Franklin lui jeta un coup d'œil rapide.

— Mon Dieu! Est-il donc aussi tard? Je vais avoir des ennuis : j'avais promis à Barbara de lui faire la lecture avant le dîner.

Il nous adressa un autre sourire et quitta précipitamment la pièce, non sans s'être d'abord cogné au montant de la porte.

— Comment va Mrs. Franklin? demandai-je.

— Toujours pareil, dit Judith.

— C'est bien triste pour elle.

— Pour un médecin, c'est exaspérant, déclara ma fille.

Les docteurs aiment les gens en bonne santé.

— Comme vous êtes durs, vous autres, les jeunes, soupirai-je.

— Je ne fais que constater un simple fait, répliqua ma fille d'un air froid.

— Néanmoins, intervint Poirot, ce bon docteur s'empresse d'aller faire la lecture à sa femme.

— Absolument ridicule, dit Judith. Son infirmière pourrait parfaitement s'en charger. En ce qui me concerne, j'aurais horreur que l'on me fasse la lecture.

— Que veux-tu, dis-je, les goûts diffèrent selon les personnes.

— Mrs. Franklin est vraiment une femme stupide, déclara Judith.

— Là, mon enfant, je ne suis pas de votre avis, dit Poirot.

— Elle ne lit jamais que des romans à quatre sous, elle ne porte aucun intérêt aux travaux de son mari et elle n'est en rien au courant de l'actualité. Elle ne sait parler que de sa santé à tous ceux qui veulent bien tendre une oreille complaisante.

— Je maintiens tout de même, reprit Poirot, qu'elle utilise ses cellules grises d'une façon que vous, mon enfant, ignorez totalement.

— Elle est certes très féminine : elle roucoule, ronronne... J'imagine que c'est ainsi que vous les aimez, oncle Hercule.

— Pas du tout, dis-je. Il les aime grandes et bien faites. De nationalité russe de préférence.

— C'est ainsi que vous trahissez mes secrets, Hastings? Votre, père, ma chère Judith a toujours eu un penchant pour les cheveux acajou. Cela lui a d'ailleurs valu des déceptions à plusieurs reprises.

Judith nous adressa à tous les deux un sourire indulgent.

— Quel drôle de tandem vous faites!

Elle tourna les talons, et je me levai.

— Il faut que j'aille défaire mes bagages et prendre un bain avant le dîner, dis-je.

Poirot allongea la main vers le bouton de la sonnette. Une minute plus tard, apparaissait son valet personnel. Je fus surpris de constater qu'il m'était totalement inconnu.

— Où est donc George? demandai-je.

George était resté auprès de Poirot durant de nombreuses années.

— Son père est malade, et il est retourné dans sa famille. Mais j'espère bien qu'il me reviendra un jour ou l'autre. En attendant, c'est Curtiss qui s'occupe de moi.

Il adressa un sourire à son nouveau domestique. Ce dernier était un homme grand et fort, avec un visage un peu bovin que je trouvai passablement stupide.

En sortant, je remarquai que Poirot refermait soigneusement la serviette contenant les documents qu'il m'avait communiqués.

L'esprit tout en émoi, je traversai le couloir pour regagner ma chambre.

CHAPITRE IV

Ce soir-là, je descendis à la salle à manger avec l'impression que la vie était soudain devenue irréelle.

Une ou deux fois, en m'habillant, je m'étais demandé s'il n'était pas possible que Poirot eût imaginé toute cette histoire. Après tout, c'était maintenant un vieillard dont la santé laissait à désirer. Sans doute affirmait-il que son cerveau fonctionnait toujours à merveille; mais était-ce bien la vérité? Il avait passé toute sa vie à pourchasser des criminels. Serait-il tellement surprenant qu'il imaginât des crimes là où il n'y en avait pas? Son inaction forcée avait dû lui être particulièrement pénible. Quoi de plus vraisemblable de sa part que d'inventer une nouvelle chasse à l'homme? Il avait rassemblé un certain nombre de faits divers et avait cru y trouver quelque chose qui n'y était pas : un personnage ténébreux, un fou meurtrier. Selon toute probabilité, Mrs. Etherington avait tué son mari, l'ouvrier agricole avait supprimé sa femme, une jeune fille avait administré à sa vieille tante une dose excessive de morphine, une épouse jalouse avait éliminé son mari comme elle avait menacé de le faire, et une pauvre fille un peu folle avait bel et bien commis le meurtre dont elle était ensuite allée s'accuser. En fait, ces crimes étaient exactement ce qu'ils semblaient être, et rien de plus.

A cette hypothèse — celle qui, à mon avis, avait le plus de sens commun —, je ne pouvais qu'opposer ma confiance en la personne de Poirot, lequel avait affirmé qu'un meurtre allait avoir lieu. Pour la seconde fois, Styles serait le théâtre d'une tragédie. Le temps prouverait ou réfuterait cette assertion. Mais si la chose était vraie, il nous appartenait de prévenir un tel événement. Et si j'ignorais l'identité du meurtrier, Poirot, lui, la connaissait.

Plus je réfléchissais et plus j'étais ennuyé. Franchement, mon vieil ami faisait preuve d'un fameux toupet! Il voulait ma collaboration mais refusait de me mettre dans la confidence. Pourquoi? La raison qu'il donnait était assurément insuffisante. J'en avais assez de cette stupide plaisanterie à propos de mon « visage transparent ». J'étais capable de garder un secret aussi bien que n'importe qui. Poirot s'était toujours obstiné dans cette idée humiliante pour moi que je suis d'un naturel « transparent », pour reprendre son expression, et que tout le monde peut lire ce qui se passe dans mon esprit. Il est vrai qu'il essayait parfois d'amortir le choc en attribuant mon attitude à l'honnêteté de mon caractère qui déteste toute forme de tromperie.

Bien sûr, si toute l'affaire n'était qu'une chimère née de son imagination, sa réticence s'expliquait aisément. Je n'étais parvenu à aucune solution du problème lorsque retentit le gong du dîner. Je descendis, l'esprit en éveil et l'œil vigilant, avec l'intention bien arrêtée d'essayer de découvrir le mystérieux X. Pour le moment, je voulais bien accepter comme vérité d'évangile tout ce qu'avait dit Poirot. Il y avait donc sous ce toit une personne qui avait déjà tué à cinq reprises et qui était toute prête à recommencer. *Mais qui était-ce*?

Dans le salon, avant de passer à table, on me présenta à Miss Cole et au major Allerton. La première était une grande jeune femme de trente-trois ou trente-quatre ans, encore fort belle, mais j'éprouvai dès cet instant une antipathie instinctive à l'égard du second. C'était un bel homme d'une quarantaine d'années, aux épaules larges, au visage bronzé, qui parlait d'un ton désinvolte et dont les phrases étaient souvent à double sens. Il avait sous les yeux ces poches que l'on attribue généralement à une vie dissipée. Je le classai immédiatement dans la catégorie des viveurs, des buveurs, des joueurs et des coureurs de jupons.

Il me sembla que le colonel Luttrell ne l'aimait guère, lui non plus, et que Boyd Carrington adoptait envers lui une attitude un peu froide. A la vérité, Allerton n'avait de succès qu'auprès des femmes. Mrs. Luttrell gazouillait d'un air ravi, tandis qu'il la flattait nonchalamment et avec une impertinence à peine dissimulée. Je fus ennuyé de constater que Judith, elle aussi, paraissait prendre plaisir à la compagnie de cet homme et qu'elle faisait des efforts de conversation qui n'étaient pas dans ses habitudes. Je me suis toujours demandé pourquoi les hommes de la pire espèce sont souvent ceux qui plaisent aux femmes les plus sérieuses et les plus sympathiques. Je savais d'instinct qu'Allerton était un sale individu, et neuf hommes sur dix auraient été de mon avis. Alors que neuf femmes sur dix — peut-être même toutes les dix — s'en seraient toquées immédiatement.

Tandis que nous étions tous assis à la table du dîner et que l'on posait devant nous des assiettes contenant un brouet gluant, je laissais errer mes regards sur l'assistance, m'efforçant d'envisager les diverses possibilités. Si Poirot avait raison, si son cerveau avait conservé toute sa lucidité, une de ces personnes était un dangereux criminel et probablement un fou. Bien qu'il ne m'eût rien dit de tel, je présumai que le mystérieux X était un homme. Lequel de ceux qui étaient là paraissaient le plus vraisemblable en tant que criminel?

Sûrement pas le vieux colonel Luttrell, avec sa faiblesse de caractère et sa perpétuelle indécision.

Norton, l'homme que j'avais rencontré sur le seuil avec une paire de jumelles à la main, paraissait tout aussi improbable. C'était un garçon agréable mais assez insignifiant et sans grande vitalité. Bien sûr, me dis-je, beaucoup de criminels sont de petits bonshommes apparemment sans envergure et qui, pour cette raison même, essaient de s'affirmer par le crime. Ils sont vexés d'être ignorés ou mis à l'écart. Norton pouvait certes appartenir à cette catégoric d'individus; mais, à mon sens, il y avait en sa faveur cette passion qu'il éprouvait pour les oiseaux et les fleurs. J'ai toujours pensé que l'amour de la nature est chez un homme un signe de santé morale.

Boyd Carrington? C'était hors de question. Un homme dont le nom était connu dans le monde entier, un chasseur adroit, un administrateur de talent que chacun aimait et respectait ne pouvait être un criminel.

J'éliminai également Franklin pour qui, je le savais, ma fille Judith était pleine de respect et d'admiration.

41

Je m'attardais ensuite sur le major Allerton. Un sale bonhomme si jamais il en fut un! Le genre d'individu capable d'écorcher sa propre grand-mère. Il était maintenant en train de raconter l'histoire d'une de ses déconvenues qui fit rire tout le monde. Je me dis que s'il était X, ses crimes avait sûrement été commis dans le but d'obtenir un profit d'une nature quelconque.

Certes, Poirot n'avait pas expressément affirmé que X était était un homme, et je me mis à considérer Miss Cole comme une possibilité. Elle paraissait assez normale, mais elle était agitée et incontestablement d'un tempérament nerveux. Mrs. Luttrell, Judith et elle étaient les seules femmes présentes. En effet, Mrs. Franklin prenait son repas dans sa chambre, et l'infirmière qui s'occupait d'elle prenait le sien après nous.

Le dîner terminé, je restai un instant debout près de la porte-fenêtre du salon, songeant à ce jour lointain où j'avais vu Cynthia Murdock, une adorable jeune fille aux cheveux acajou, traverser en courant cette même pelouse. Comme elle était ravissante, avec sa blouse immaculée...

Perdu dans mes pensées, je sursautai lorsque Judith glissa son bras sous le mien et m'entraîna sur la terrasse.

— Qu'y a-t-il donc? me demanda-t-elle sans préambule.

Je tressaillis.

— Ce qu'il y a? Que veux-tu dire?

— Tu as été bizarre toute la soirée. Pourquoi dévisageais-tu tout le monde pendant le repas?

Je me sentis un peu gêné. Je n'avais pourtant pas eu l'impression que mon intérêt pour les divers convives fût aussi visible.

— Ah oui? dis-je. Ma foi, je songeais au passé. Je voyais peut-être des fantômes.

— Tu as fait un séjour ici autrefois, quand tu étais jeune, n'est-ce pas? Et on avait assassiné une vieille dame, n'est-il pas vrai?

— C'est bien cela. Empoisonnée à la strychnine.

— Comment était-elle?

Je réfléchis à la question.

— C'était une femme très bonne, très généreuse, qui donnait beaucoup aux œuvres de bienfaisance.

— Oh! ce genre de générosité...

Judith avait parlé d'un ton légèrement méprisant, et elle continua par une question qui me surprit.

— Est-ce que les gens étaient heureux, ici?

Je savais qu'ils ne l'étaient pas vraiment.

— Non, répondis-je.

— Pourquoi?

— Parce qu'ils se sentaient, en quelque sorte, prisonniers. Vois-tu, c'était Mrs. Ingelthrop qui possédait tout l'argent, et... elle le distribuait avec parcimonie. Ses beaux-enfants ne pouvaient avoir aucune vie propre.

Judith eut une sorte de haut-le-corps, et sa main se crispa sur mon bras.

— C'est mauvais, ça, dit-elle. Très mauvais. Une sorte d'abus de pouvoir qui ne devrait pas être permis. Les vieux, les malades ne devraient pas avoir le droit d'entraver la vie des jeunes et des bien portants, de les assujettir, de les brimer, de leur faire gaspiller l'énergie qu'ils pourraient employer utilement. Ce n'est que de l'égoïsme.

— Les vieux, répliquai-je d'un ton sec, n'ont pas le monopole de l'égoïsme.

— Je sais, papa. Tu penses évidemment que les jeunes sont aussi égoïstes. Nous le sommes peut-être, mais c'est un égoïsme propre. Nous ne voulons faire que ce que nous souhaitons, mais nous ne voulons pas que les autres le fassent à notre place. Nous ne voulons pas réduire les autres en esclavage.

— Non, vous vous contentez de les piétiner s'ils se trouvent par hasard sur votre chemin.

Judith me pressa le bras.

— Ne sois pas si amer! Je ne piétine personne. D'ailleurs, je dois reconnaître que tu n'as jamais essayé de dicter notre conduite à aucun d'entre nous. Nous t'en sommes reconnaissants, ma sœur, mes frères et moi-même.

— Je crois, dis-je honnêtement, que je l'aurais peut-être fait. C'est ta mère qui a toujours voulu qu'on vous laissât responsables de vos actes. Et de vos erreurs.

Je sentis à nouveau la main de ma fille se crisper sur mon bras.

— Je sais. Tu aurais aimé nous couver comme une mère poule, être aux petits soins pour nous. Moi, j'ai horreur de ça. Je ne peux pas le supporter. Mais tu es de mon avis, n'est-ce pas, que les être inutiles doivent être sacrifiés à ceux qui sont utiles.

— Cela se produit parfois, mais il n'est nullement besoin d'avoir recours à des mesures draconiennes. Il appartient à chacun de s'effacer, de se désister...

— Oui, mais est-ce bien ce qui se produit?

Son ton était si véhément que je levai vivement les yeux vers elle. Mais il faisait sombre, et je ne pouvais distinguer clairement son visage. Elle poursuivit d'une voix basse et agitée :

— Il y a tellement de... considérations d'ordre financier... un sentiment de responsabilité... une répugnance à blesser quelqu'un que l'on aime... Et certaines personnes sont si dépourvues de scru-

pules... Elles ne savent que jouer de tous ces sentiments. Certaines gens sont semblables à des *sang-
sues*!

— Ma chère Judith! m'écriai-je.

J'étais abasourdi par la violence de son ton. Elle
parut, cependant, se rendre compte qu'elle avait fait
montre d'un peu trop d'exaltation, car elle se mit
soudain à rire.

— Tu me trouves sans doute trop explosive. Mais,
vois-tu, c'est un sujet qui me passionne. J'ai connu
un cas... Oh! c'était une vieille brute, et quand une
personne a eu assez de cran pour résister à cet
homme et libérer les gens qu'elle aimait, on l'a trai-
tée de folle. Folle? C'était la chose la plus sensée que
l'on pût faire. Et la plus courageuse.

Je me sentis envahi par une intense émotion. Où
avais-je donc entendu quelque chose comme ça, il
n'y avait pas si longtemps?

— Judith, de qui parles-tu? demandai-je vivement.

— Oh! de personne que tu puisses connaître. Des
amis des Franklin. Un vieillard du nom de Litchfield. Bien que très riche, il faisait pratiquement
mourir de faim ses malheureuses filles, ne leur laissait jamais voir personne, leur interdisait de sortir...
Il était véritablement fou; mais pas assez au sens
médical du terme.

— Et sa fille aînée l'a assassiné, n'est-ce pas?

— Oh! Je suppose que tu as lu le compte rendu de
cette affaire dans les journaux. Tu peux appeler ça
un assassinat, si tu veux, mais je te fais remarquer
qu'il n'y avait aucun mobile d'ordre personnel. Je
prétends que cette fille était très courageuse. Moi, je
n'aurais pas eu assez de cran.

— Assez de cran pour te livrer ou pour commettre le meurtre?

— Les deux.

— Je me réjouis de l'apprendre, répondis-je d'un ton sévère, mais il me déplaît de t'entendre affirmer que le meurtre peut se justifier dans certains cas. Qu'a pensé de cette affaire le docteur Franklin?

— Que c'était bien fait pour cette vieille brute. Tu sais, papa, il y a des gens qui font vraiment tout ce qu'il faut pour se faire assassiner.

— Je ne veux pas que tu affiches de telles théories, Judith. Qui t'a fourré ces idées-là dans la tête?

— Personne.

— Eh bien, laisse-moi te dire que ce sont de dangereuses sottises.

— C'est bon. Restons-en là.

Elle se tut un instant, puis reprit d'un ton plus léger :

— A vrai dire, j'étais venue pour te transmettre un message de Mrs. Franklin. Elle aimerait te voir, si ça ne t'ennuie pas de monter jusqu'à sa chambre.

— J'en serai ravi. Je suis désolé qu'elle se soit sentie trop fatiguée pour descendre dîner.

— Elle va parfaitement bien, déclara ma fille d'un ton glacial, mais il lui plaît de faire des chichis.

Je m'éloignai en songeant que les jeunes sont véritablement dénués de toute compassion.

CHAPITRE V

Je n'avais rencontré Mrs. Franklin qu'une seule fois. Elle avait environ trente ans et appartenait à ce que je pourrais appeler le « genre madone ». De grands yeux sombres, des cheveux noirs séparés par le milieu et un visage ovale aux traits réguliers et pleins de douceur. Elle était très mince, et sa peau avait une sorte de fragilité transparente.

Je la trouvai allongée sur un lit de repos, la tête soutenue par un oreiller, vêtue d'un délicat déshabillé blanc et bleu pâle. Franklin et Boyd Carrington étaient en train de prendre le café. La jeune femme m'accueillit avec un sourire gracieux et me tendit la main.

— Comme je suis heureuse que vous soyez venu, capitaine Hastings. Ce sera si agréable pour Judith. Jusqu'ici, cette enfant a réellement travaillé trop dur.

— Elle a l'air en parfaite forme, répondis-je en prenant dans la mienne sa main fine aux doigts longs et fragiles.

Barbara Franklin poussa un soupir.

— Oui, de ce côté-là, elle a de la chance; et je ne puis que l'envier. Je ne crois pas qu'elle sache ce que c'est que d'être en mauvaise santé.

Et, se tournant vers l'infirmière :

— Qu'en pensez-vous, Miss Craven? Oh! permettez-moi de vous présenter le capitaine Hastings. Miss Craven, qui m'est tellement dévouée. Je ne sais ce que je deviendrais sans elle.

L'infirmière était une grande et belle jeune femme avec de magnifiques cheveux acajou. Je remarquai que ses mains étaient fines et blanches, contrairement à celles de beaucoup d'infirmières d'hôpital. C'était, à certains égards, une fille plutôt taciturne. Elle se contenta de m'adresser une légère inclinaison de tête.

— Vraiment, continua Mrs. Franklin, John fait trop travailler cette pauvre Judith. C'est un patron sans merci. N'est-ce pas, John, que tu es impitoyable?

Son mari était debout près de la fenêtre, les yeux tournés vers la pelouse. Il sifflotait entre ses dents et faisait tinter des pièces de monnaie qui se trouvaient dans sa poche. Il tressaillit à la question de sa femme.

— Que disais-tu, Barbara?

— Que tu surmènes honteusement Miss Hastings. Maintenant que le capitaine est là, nous allons nous liguer, lui et moi, afin que ne soit plus permis ce genre d'exploitation.

La plaisanterie n'était pas le point fort du docteur Franklin. Il prit un air vaguement ennuyé et se tourna vers Judith d'un air interrogateur.

— Si j'exige trop, il faut me le dire franchement.

— Mais non. Ce n'est qu'une plaisanterie. A propos de travail, je voulais vous poser une question sur cette tache que porte la seconde plaque. Vous savez, celle qui...

— Ah oui! si ça ne vous fait rien, nous allons descendre jusqu'au labo. J'aimerais être absolument sûr...

Tout en poursuivant leur conversation, ils quittèrent la pièce ensemble.

Barbara Franklin poussa un soupir et se renversa sur son oreiller. L'infirmière pris soudain la parole pour déclarer sur un ton plutôt désagréable :

— Je crois que si l'un des deux est impitoyable, c'est Miss Hastings.

Mrs. Franklin soupira à nouveau.

— Je sais bien que je devrais m'intéresser davantage aux travaux de mon mari, mais ça m'est impossible. Je me sens si peu à la hauteur. Je crois qu'il y a véritablement en moi quelque chose qui ne va pas. Pourtant...

Elle fut interrompue par un petit ricanement de Boyd Carrington, debout près de la cheminée.

— Sottises, Babs. Tu es parfaite. Ne te tracasse donc pas.

— Mais Bill, mon ami, je me tracasse. Je me décourage si facilement... Je ne peux m'empêcher de ressentir... C'est si désagréable, ces cobayes, ces rats et je ne sais plus quoi encore. Brr!

Elle frissonna.

— Je sais que c'est stupide, mais ça me rend malade. Je voudrais ne penser qu'à de belles choses : aux oiseaux, aux fleurs, aux jeux des enfants. Toi, tu le sais, n'est-ce pas, Bill?

Boyd Carrington s'avança et prit la main qu'elle lui tendait d'un air implorant. il baissa les yeux vers elle, et son visage aux traits si virils prit soudain une douceur extraordinaire.

— Tu sais, Babs, tu n'as pas beaucoup changé depuis tes dix-sept ans.

Il tourna un instant la tête vers moi.

— Barbara et moi sommes de vieux camarades de jeunesse.

— Oh! de vieux camarades! protesta la jeune femme.

— Je veux bien reconnaître que j'ai quinze ans de plus que toi. Mais quand tu étais bébé, j'ai joué avec toi comme avec une poupée, je t'ai portée sur mon dos. Et plus tard, quand je suis revenu, tu étais une belle jeune fille prête à faire son entrée dans le monde. J'y ai même un peu contribué en t'apprenant à jouer au golf. Tu te rappelles?

— Oh! Bill, crois-tu que j'aie pu oublier tout cela? Elle tourna vers moi son ravissant visage de madone...

— Mes parents habitaient l'Angleterre, expliqua-t-elle, et Bill venait parfois faire des séjours chez son vieil oncle Sir Everard, à Knatton.

— Quel mausolée c'était — et c'est encore! Parfois, je désespère de rendre habitable cette vieille bâtisse.

— Oh! Bill, ce serait pourtant merveilleux si tu pouvais y arriver!

— C'est vrai, Babs. L'ennui, c'est que je n'ai aucune idée. Des baignoires, quelques fauteuils vraiment confortables... Je me sens incapable de penser à autre chose. Il faudrait une femme pour arranger tout ça.

— Je t'ai déjà dit que je viendrais, si tu le voulais. Je parle sérieusement, Bill.

— Si tu te sens assez forte, je pourrais t'y amener.

Il leva des yeux interrogateurs vers l'infirmière.

— Qu'en pensez-vous, Miss Craven?

— Certainement, Sir William. Je suis d'avis que cette promenade ferait le plus grand bien à

Mrs. Franklin. A condition, naturellement, qu'elle soit assez raisonnable pour ne pas se surmener.

— C'est donc entendu, reprit Boyd Carrington. Et maintenant, ma petite Babs, tu vas tâcher de bien dormir, afin d'être en forme demain.

Nous prîmes tous les deux congé de la jeune femme et sortîmes ensemble. Comme nous descendions l'escalier, mon compagnon prit la parole d'un ton brusque.

— Vous n'avez pas idée, Hastings, de la ravissante créature qu'était Barbara à l'âge de dix-sept ans. Je revenais alors de Burma, où ma femme était morte, et je n'hésite pas à avouer que j'en étais tombé follement amoureux. Mais, deux ou trois ans plus tard, c'est Franklin qu'elle a épousé. Hélas, je ne crois pas que ce mariage ait été très heureux, et je suis persuadé qu'il ne faut pas chercher ailleurs la raison de la santé déficiente de Barbara. Son mari ne l'a jamais comprise, n'a jamais su l'apprécier. Or, elle est d'une nature extrêmement sensible, et la fragilité de sa santé est en grande partie d'origine nerveuse. Si on la fait sortir d'elle-même, si on l'intéresse, si on l'amuse, elle devient aussitôt différente. Elle est comme tranfigurée. Mais ce maudit morticole ne s'intéresse qu'à ses tubes à essais et à ses cultures.

Il ricana d'un air irrité, et je songeai qu'il n'avait peut-être pas tort. Pourtant, j'étais un peu surpris de le voir ainsi attiré par Mrs. Franklin qui, bien que belle et charmante, était après tout, en mauvaise santé. Boyd Carrington était, de son côté, si plein de vitalité que je me serais plutôt attendu à lui voir éprouver quelque impatience ou quelque irritation en présence d'une femme vaguement névrosée. Mais, bien sûr, Barbara avait dû être, quelques années plus tôt, une jeune fille extraordinairement belle et, pour beaucoup d'hommes — surtout ceux du type idéaliste, comme me paraissait l'être Boyd Carrington —, les impressions de jeunesse se perpétuent, et les premières amours laissent des traces indélébiles.

Dans le hall, Mrs. Luttrell fonça littéralement sur nous pour nous proposer un bridge. Je la priai de m'excuser, arguant que je devais aller rejoindre Poirot.

Je le trouvai au lit. Curtiss était occupé à mettre la chambre en ordre, mais il se retira bientôt discrètement en refermant avec soin la porte derrière lui.

— Que le diable vous emporte, Poirot, m'écriai-je, avec votre infernale habitude de toujours garder quelque chose par-devers vous. J'ai passé toute la soirée à essayer de repérer votre mystérieux personnage.

— Ce petit travail a dû vous rendre passablement distrait. Personne ne vous en a-t-il fait la remarque? Personne ne vous a-t-il demandé ce que vous aviez?

Je rougis légèrement au souvenir des questions de Judith, et je crois bien que ma gêne n'échappa point à Poirot, car je vis passer sur ses lèvres un petit sourire empreint de malice. Mais il ne fit aucune observation à ce sujet.

— Et à quelle conclusion êtes-vous parvenu? me demanda-t-il simplement.

— Me direz-vous si j'ai raison?

— Certainement pas.

Je scrutai intensément son visage.

— J'avais pensé à Norton...

Poirot demeura impassible.

— Non point que j'aie quoi que ce soit de précis contre lui, ajoutai-je. Il m'a seulement semblé qu'il était moins... improbable que les autres. J'imagine que le meurtrier que nous pourchassons pourrait appartenir au genre... effacé.

— C'est possible. Mais il y a de nombreuses manières d'être effacé. Beaucoup plus que vous ne pouvez le penser.

— Que voulez-dire?

— Supposons qu'un étranger animé de mauvaises intentions arrive ici quelques semaines avant le meurtre. Il serait préférable pour lui qu'il passât inaperçu, qu'il se livrât à quelque sport inoffensif tel que la pêche...

— Ou l'étude des oiseaux. C'est exactement ce que je disais.

— D'un autre côté, il serait encore mieux que le meurtrier fût un personnage typique : par exemple un boucher. Cela aurait même un avantage supplémentaire : personne ne remarquerait des taches de sang sur les vêtements d'un boucher.

— Mais voyons, objectai-je, tout le monde saurait si le boucher s'était querellé avec... le boulanger, par exemple.

— Pas si le boucher n'avait adopté cette profession *que pour avoir l'occasion d'assassiner le boulanger.*

Je le considérai attentivement, me demandant s'il fallait chercher dans ses paroles une allusion cachée. Si oui, cela semblerait désigner le colonel Luttrell. Avait-il délibérément ouvert une pension de famille pour avoir l'occasion d'assassiner un de ses hôtes?

Poirot secoua la tête.

— Ce n'est pas sur mon visage, mon ami, que vous trouverez la solution du problème.

— Vous êtes vraiment exaspérant, soupirai-je.

D'ailleurs, Norton n'est pas mon seul suspect. Que penser du dénommé Allerton?

Poirot ne se départit pas de son impassibilité.

— Il ne vous plaît pas? demanda-t-il doucement.

— Oh! pas du tout!

— Ah! C'est ce que vous devez appeler un vaurien, n'est-il pas vrai?

— Absolument. N'êtes-vous pas de mon avis?

— Mais si. Seulement... c'est un homme qui a beaucoup d'attraits aux yeux des femmes.

Je laissai échapper une exclamation de mépris.

— Que les femmes sont donc stupides! murmurai-je. Que peuvent-elles bien trouver à un homme comme celui-là?

— Je ne saurais le dire. Mais il en est bien souvent ainsi : le mauvais sujet les attire.

— Mais pourquoi?

Poirot haussa les épaules.

— Sans doute y voient-elles quelque chose qui nous échappe.

— Par exemple?

— Peut-être le danger. Tout le monde aime à rencontrer dans la vie un soupçon de danger. Certains l'obtiennent par procuration — si je puis dire —, dans des courses de taureaux ou, plus simplement encore au cinéma. Une trop grande sécurité répugne à la nature humaine. C'est pourquoi les hommes recherchent le danger de diverses manières; les femmes, elles, en sont réduites à le chercher dans les aventures sexuelles, laissant parfois passer sans le voir le brave garçon qui ferait un excellent mari.

Je me concentrai sur cette idée pendant quelques minutes. Puis je revins à mon sujet.

— Vous savez, Poirot, il me sera relativement facile de découvrir l'identité de X. Il me suffira de fureter de-ci de-là pour savoir qui était en relation avec les différents personnages de ces cinq drames que nous avons évoqués.

J'avais proféré ces paroles d'un air triomphant, mais Poirot ne m'accorda qu'un regard vaguement dédaigneux.

— Hastings, je ne vous ai pas demandé de venir ici pour vous voir suivre péniblement et maladroitement le chemin que j'ai déjà parcouru. Et permettez-moi de vous dire que les choses ne sont pas tout à fait aussi simples que vous paraissez l'imaginer. Quatre de ces affaires se sont passées dans le comté où nous nous trouvons en ce moment. Les personnes rassemblées à Styles ne sont pas exactement un groupe d'inconnus débarqués ici par hasard, et cette maison n'est pas un hôtel au sens habituel du terme. Les Luttrell sont originaires de la région. Ils étaient dans une situation financière critique, ils ont acheté ce domaine et se sont lancés dans une entreprise hasardeuse. Leurs hôtes actuels sont pour eux des amis ou bien des personnes recommandées par des amis. C'est Sir William qui a incité les Franklin à venir. Ceux-ci, à leur tour, ont influencé Norton et, si je ne m'abuse, Miss Cole. Et ainsi de suite. Ce qui revient à dire qu'il y des chances pour qu'un certain individu connu de l'un d'eux le soit également de tous les autres. Considérez aussi un autre point. Prenez, par exemple, le cas de l'ouvrier agricole Riggs. Le village où s'est déroulé le drame n'est pas très éloigné de la maison de l'oncle de Boyd Carrington. Les parents de Mrs. Franklin habitaient, eux aussi, dans les parages. L'auberge du village est très fréquentée par les touristes, et certains des amis de la famille de Mrs. Franklin avaient l'habitude d'y descendre. Franklin lui-même y a séjourné à une certaine époque. Il se peut fort bien que Norton et Miss Cole s'y soient également arrêtés. Non, mon ami, je vous conjure de ne pas faire de tentatives maladroites pour découvrir un secret que je refuse de vous révéler.

— C'est vraiment ridicule. Comme si j'étais capable de le divulguer! Je vous assure, Poirot, que j'en ai assez de cette plaisanterie concernant mon « visage transparent ». Ce n'est pas drôle du tout.

— Etes-vous tellement sûr que ce soit là la seule raison de mes réticences? Ne comprenez-vous pas qu'il peut être dangereux de savoir la vérité? Ne voyez-vous pas que je me fais du souci pour votre sécurité?

Je le considérai bouche bée. Jusqu'à cet instant, je n'avais pas entrevu cet aspect de la question. Mais je saisissais maintenant le bien-fondé de son attitude. Si un meurtrier habile et plein de ressources, ayant déjà cinq crimes sur la conscience, se rendait compte que l'on était sur ses traces, il pouvait évidemment réagir violemment.

— Mais alors, dis-je vivement, vous êtes vous-même en danger, Poirot.

Mon ami esquissa un geste de suprême dédain.

— J'y suis habitué, et je suis capable de veiller sur ma sécurité. D'ailleurs, n'ai-je pas auprès de moi mon fidèle et excellent Hastings pour me protéger?

CHAPITRE VI

Poirot avait l'habitude de se coucher tôt. Je le laissai donc dormir et redescendis au rez-de-chaussée, non sans m'arrêter quelques instants pour parler à Curtiss.

Il me parut un peu flegmatique, d'esprit un peu lourd, mais dévoué et digne de confiance. Il était au service de Poirot depuis que ce dernier était revenu d'Egypte. Il m'assura que la santé de son maître était assez bonne dans son ensemble, bien qu'il eût le cœur fatigué et eût été victime de crises assez alarmantes. C'était comme un moteur qui faiblissait lentement.

Je savais, bien sûr, que Poirot avait eu, dans l'ensemble, une belle existence. Néanmoins, j'étais peiné de voir mon vieil ami obligé de lutter si vaillamment. Maintenant encore, affaibli et handicapé comme il l'était, son esprit indomptable le poussait à poursuivre la profession dans laquelle il s'était toujours montré d'une habileté surprenante et qui lui avait valu tant de succès.

J'arrivai en bas le cœur serré. Je pouvais difficilement envisager ce que serait ma vie lorsque Poirot ne serait plus là.

Au salon, un robre se terminait, et on m'invita à

faire une partie. Je me dis que cela pourrait me distraire l'esprit, et j'acceptai. Boyd Carrington se retirait du jeu, et je pris sa place pour jouer avec Norton, le colonel Luttrell et sa femme.

— Et maintenant, Mr. Norton, allons-nous battre nos deux adversaires? demanda Mrs. Luttrell. Notre dernière association à été particulièrement fructueuse.

Norton sourit, mais déclara qu'on devrait peut-être tirer au sort. Mrs. Luttrell consentit d'assez mauvaise grâce, me sembla-t-il. Norton et moi nous retrouvâmes associés contre les Luttrell, et je remarquai que la colonelle ne pouvait cacher son mécontentement. Elle se mordait les lèvres, et tout son charme avait disparu en même temps que son faux accent irlandais. Je devais bientôt comprendre la raison de ce changement.

Plus tard, je jouai à plusieurs reprises avec le colonel Luttrell, et je pus constater qu'il n'était pas, somme toute, tellement mauvais. C'était ce que j'appellerai un joueur prudent. Seulement, il était souvent distrait, ce qui lui faisait parfois commettre des fautes graves. Et lorsqu'il jouait avec sa femme, il les accumulait. Elle le rendait manifestement nerveux, et cela le faisait jouer trois fois plus mal. La colonelle était, elle, une excellente joueuse, mais il était assez éprouvant d'être son partenaire. Elle profitait au maximum de toutes les possibilités, ignorait délibérément les règles si son adversaire n'y prêtait pas attention, mais elle ne manquait jamais de les faire respecter quand elles étaient à son avantage. Elle était aussi extrêmement habile pour jeter des coups d'œil obliques sur le jeu de ses adversaires. En d'autres termes, elle jouait pour gagner.

Et je compris aussi ce que Poirot avait voulu dire

quand il avait parlé de sa langue acérée. Lorsqu'elle jouait au bridge, sa retenue habituelle l'abandonnait, et elle faisait des reproches cinglants à son mari toutes les fois qu'il commettait une erreur. Je me sentais extrêmement gêné, et je me réjouis lorsque le robre prit fin. Norton et moi nous excusâmes, prétextant l'heure tardive. Comme nous nous éloignions, mon compagnon donna libre cours à ses sentiments.

— Ça me rend fou de voir brimer ce pauvre diable de cette façon. Et il accepte tout ça avec résignation. Il ne lui reste plus grand-chose de son ardeur d'ancien colonel de l'Armée.

— Chut! dis-je.

Norton avait inconsidérément élevé la voix, et je craignais que Luttrell ne pût entendre ses réflexions.

— C'est tellement moche! ajouta-t-il.

— Il pourrait bien se rebiffer un jour ou l'autre, non?

Norton secoua la tête.

— Il n'en fera rien. L'habitude est trop bien prise. « Oui, Daisy; non, Daisy; excuse-moi, Daisy », tout en tirant sur sa moustache et en continuant à bêler. Il serait incapable de s'imposer, même s'il le voulait.

Je hochai la tête tristement, car j'avais bien peur que Norton n'eût raison. Nous nous arrêtâmes dans le hall. Je remarquai que la porte latérale était ouverte et que l'air frais pénétrait dans la pièce.

— Est-ce qu'on ne devrait pas fermer? demandai-je.

Norton hésita quelques secondes avant de répondre.

— Ma foi... je ne sais pas. Je... ne crois pas que tout le monde soit rentré.

Un soupçon traversa mon esprit.

— Qui est encore dehors?

— Votre fille, il me semble. Et... Allerton.

Il avait essayé de prendre un ton indifférent, mais cette remarque venant après ma conversation avec Poirot, me causa une impression de malaise.

Judith... et Allerton. Voyons, ma froide et intelligente Judith ne pouvait sûrement pas se sentir attirée par un individu de cette espèce. Elle aurait tôt fait de voir clair dans son jeu.

Rentré dans ma chambre, tout en me déshabillant, je ne cessais de me répéter cela; mais ce vague malaise qui s'était emparé de moi ne voulait pas me lâcher.

Dès que je fus couché, je commençai à me tourner et à me retourner dans mon lit sans pouvoir trouver le sommeil. Comme il est courant avec les angoisses nocturnes, tout s'exagérait, et je me sentais submergé par un véritable désespoir. Si seulement ma chère femme était encore en vie! Pendant tant d'années, je m'étais fié à son jugement si sûr! Elle avait toujours été si avisée et comprenait si bien les enfants! Sans elle, je me sentais impuissant, désemparé. Maintenant, c'était moi seul qui étais responsable de leur sécurité et de leur bonheur. Serais-je à la hauteur de ma tâche? Je ne suis pas, je le sais, d'une intelligence brillante. J'ai souvent fait des bévues, commis des erreurs. Mais si Judith devait gâcher ses chances de bonheur, si elle devait souffrir...

Le cœur en émoi, j'allumai ma lampe de chevet et m'assis sur mon lit. Il ne servait à rien de continuer ainsi : il me fallait absolument prendre un peu de repos. Je me levai, passai dans la salle de bains et considérai un instant le tube d'aspirine qui se trouvait sur l'étagère. Non, il me fallait quelque chose de plus énergique. Je me dis que Poirot était sans doute en possession de quelque somnifère. J'ouvris la porte, traversai le couloir et m'arrêtai, hésitant, devant sa chambre. Il était bien dommage de réveiller ce pauvre vieux pour aller lui demander un comprimé. J'hésitais encore à frapper lorsque je perçus un bruit de pas dans le couloir. Mais l'endroit était assez faiblement éclairé, et je ne distinguai le visage du nouveau venu que lorsqu'il fut près de moi. Je me raidis et fronçai les sourcils, car l'homme arborait un sourire satisfait qui me déplaisait souverainement.

— Salut, Hastings! dit-il d'un air étonné. Encore debout?

— Je ne pouvais pas dormir, répondis-je sèchement.

— Ah oui? Venez avec moi; je vais vous donner quelque chose.

Je le suivis dans sa chambre, qui était contiguë à la mienne. Une étrange fascination me poussait à étudier cet homme d'aussi près que je le pouvais.

— Vous vous couchez tard, remarquai-je.

— Je n'ai jamais été un couche-tôt. Surtout quand il y a possibilité de se distraire. Il ne faut pas gaspiller ces belles soirées.

Il se mit à rire. D'un rire qui me déplut autant que son sourire de tout à l'heure.

Je le suivis jusqu'à la salle de bains. Il ouvrit une petite armoire et en sortit un tube de comprimés.

— Voici exactement ce qu'il vous faut, dit-il. Avec ça, vous dormirez comme une souche. Et vous ferez même de beaux rêves. Cette drogue est une merveille.

Son ton enthousiaste provoqua en moi un léger

choc. Cet homme s'adonnait-il donc aussi à la drogue?

— Ce n'est pas dangereux? demandai-je.

— Ce le serait si vous en preniez trop. C'est un de ces barbituriques dont la dose mortelle est assez proche de la dose normale.

Il sourit encore, les coins de ses lèvres relevés d'une manière fort déplaisante.

— Je croyais qu'un tel produit ne pouvait s'obtenir sans ordonnance.

— Et vous avez raison. En principe. Mais j'ai ma combine.

Je sais bien que ma réaction fut passablement stupide; mais il m'arrive souvent de céder à une impulsion de cet ordre.

— Je crois savoir que vous connaissiez Etherington.

Je me rendis compte aussitôt que le coup avait porté. Ses yeux se firent plus durs et défiants. Pourtant, ce fut d'un ton léger et désinvolte qu'il me répondit.

— Oh! oui, je le connaissais. Pauvre diable!

Puis, comme je restais muet, il poursuivit :

— Il se droguait, bien sûr, et il y allait même un peu fort. Il faut savoir s'arrêter. Lui n'a pas su. Sale affaire. Sa femme a eu de la veine. Si elle n'avait pas eu la sympathie du jury...

Il me remit deux comprimés, tout en me demandant d'un ton apparemment indifférent :

— Connaissiez-vous bien Etherington?

Je répondis la vérité.

— Non.

Pendant un instant, il sembla ne pas savoir comment poursuivre. Puis, avec un petit rire :

— Drôle de type! dit-il. Pas exactement de tout

repos, mais il savait être parfois de compagnie agréable.

Je le remerciai pour les comprimés et regagnai ma chambre.

Tout en me glissant à nouveau dans mon lit, je me demandais si je n'avais pas commis une bévue. Car j'étais maintenant persuadé que le fameux X n'était autre qu'Allerton. Et je lui avais pratiquement laissé entendre que je soupçonnais quelque chose.

CHAPITRE VII

1

Il est presque inévitable que mon récit de ces journées passées à Styles présente un aspect un peu décousu. Lorsque je repense à ce séjour, je me remémore surtout une série de conversations, de mots et de phrases plus ou moins évocateurs.

Tout d'abord, je me rendis compte de l'état d'extrême faiblesse physique dans lequel se trouvait Poirot. J'étais persuadé, comme je crois l'avoir dit, que son cerveau fonctionnait toujours avec la même vivacité et la même lucidité. Mais son corps était si usé, si amaigri que je compris presque tout de suite que mon rôle serait beaucoup plus actif que de coutume. Je devrais être, en quelque sorte, les yeux et les oreilles de mon vieil ami.

Toutes les fois qu'il faisait beau, Curtiss transportait son maître au rez-de-chaussée, où son fauteuil avait été préalablement descendu. Puis il le roulait vers le jardin et l'installait en un endroit abrité des courants d'air. Les autres jours, lorsque le temps n'était pas favorable, il le conduisait au salon. Où qu'il se trouvât, il y avait toujours quelqu'un pour venir bavarder avec lui; mais, bien sûr, il ne pouvait choisir l'interlocuteur qu'il eût souhaité.

Le lendemain de mon arrivée, Franklin me conduisit au vieil atelier du jardin qu'il avait fait aménager sommairement pour y poursuivre ses recherches scientifiques. Qu'il me soit permis de préciser dès maintenant que je ne possède pas une tournure d'esprit scientifique. Il est donc probable que, dans mon compte rendu des travaux du docteur Franklin, il m'arrivera parfois d'utiliser des termes impropres, suscitant ainsi sans aucun doute le mépris des spécialistes.

Autant que je puisse en juger en tant que profane, Franklin expérimentait divers alcaloïdes de la fève de Calabar — en particulier la physostigmine, appelée aussi ésérine. J'en appris un peu plus au cours d'une conversation qui eut lieu un certain jour entre le docteur et Poirot. Judith, qui avait essayé de me fournir quelques explications, fut — comme il est de coutume chez les jeunes — affreusement technique. Elle mentionna doctement divers alcaloïdes, tels que la physostigmine, la calabarine et la généserine pour finir par le nom d'une substance au nom absolument impossible à prononcer. Tout cela était pour moi de l'hébreu, et je soulevai le mépris de ma fille en lui demandant quel bien tout cela était susceptible d'apporter à l'humanité. Je crois qu'il n'y a pas de question qui puisse contrarier davantage un scientifique. Elle me lança aussitôt un coup d'œil dédaigneux et s'embarqua dans une autre explication aussi interminable et érudite que la précédente.

J'ai seulement retenu que certaines obscures tribus d'Afrique ont montré une remarquable immunité à une maladie tout aussi obscure — bien que mortelle — appelée « jordanite » du nom d'un enthousiaste docteur Jordan qui, le premier, l'avait dépistée. Il s'agissait d'une maladie tropicale extrêmement rare qui avait été contractée à deux ou trois reprises par des Blancs et s'était avérée mortelle.

Je pris le risque d'augmenter l'irritation de ma fille en lui faisant remarquer qu'il serait plus sensé d'essayer de découvrir un médicament capable de faire disparaître les séquelles des oreillons! Avec un air de pitié teinté de dédain, elle s'efforça de me prouver que le seul but digne d'être poursuivi, ce n'est pas le bien-être de la race humaine mais l'élargissement et l'appronfondissement du savoir.

Elle me fit regarder quelques plaques à travers un microscope, examiner des photos d'indigènes d'Afrique occidentale — c'était vraiment fort divertissant! — et rencontrer le regard torve d'un rat drogué enfermé dans une cage. Après quoi, j'éprouvai le besoin d'aller respirer un peu d'air pur.

Ainsi que je l'ai dit, mon intérêt fut surtout éveillé par une conversation entre Franklin et Poirot.

— Voyez-vous, expliqua le médecin, tout cela est, en réalité, plus de votre domaine que du mien. La fève de Calabar est censée pouvoir prouver l'innocence ou la culpabilité. En tout cas, ces tribus africaines dont j'ai déjà parlé en sont persuadées. Ou, du moins, en étaient persuadées il n'y a pas longtemps. Car ces Noirs commencent à évoluer. Quoi qu'il en soit, ils mastiquaient solennellement cette fève, convaincus que cela ne leur ferait aucun mal s'ils étaient innocents mais les tueraient s'ils étaient coupables.

— Et, naturellement, ils mouraient.

— Pas tous. Et c'est bien ce qui, jusqu'à présent, nous avait toujours intrigués.

— J'imagine qu'il y a, derrière tout ça, quelque supercherie de sorcier.

— La vérité, c'est qu'il existe deux sorte de fèves de Calabar. Seulement, elles se ressemblent à un tel point qu'il est extrêmement difficile de les distinguer. Toutes les deux contiennent de la physostigmine et de la génésérine. Mais dans l'une des espèces, on peut isoler — je crois, du moins, pouvoir le faire — un autre alcaloïde dont l'action neutralise l'effet des autres. Qui plus est, cette seconde espèce est régulièrement absorbée par certaines tribus, au cours de rites secrets, et il est prouvé que ces Noirs ne contractent jamais la jordanite. Cette troisième substance a un effet remarquable sur le système musculaire sans aucune conséquence néfaste. C'est là un point extrêmenent intéressant. Malheureusement, l'alcaloïde pur est très instable. Néanmoins, j'ai obtenu des résultats encourageants, bien qu'il reste encore d'innombrables recherches à effectuer. C'est là une tâche qui doit être accomplie, et je vendrais mon âme pour...

Il s'interrompit brusquement, et le sourire reparut sur son visage.

— Excusez-moi de toujours parler boutique. Je crois que je prends ces travaux trop à cœur.

— Evidemment, dit Poirot d'un ton rêveur, si je pouvais distinguer le coupable de l'innocent aussi facilement que sont censés le faire vos indigènes d'Afrique, l'exercice de ma profession deviendrait un jeu d'enfant. Ah! s'il existait une substance véritablement douée des propriétés que l'on attribue à la fève de Calabar!

— Cela ne résoudrait tout de même pas toutes les difficultés. Car, après tout, qu'est-ce que la culpabilité? Et qu'est-ce que l'innocence?

— Je n'aurais pas cru, dis-je, qu'il pût y avoir le moindre doute à ce sujet.

Le docteur se tourna vers moi.

— Qu'est-ce que le mal? Qu'est-ce que le bien? Les opinions varient d'un siècle à l'autre, parfois d'un pays à l'autre. Ce que vous pourriez déterminer, ce serait probablement la nature du *sentiment* de culpabilité ou d'innocence. Mais, en fait, un tel test n'aurait pas la moindre valeur.

— J'avoue ne pas très bien vous suivre.

— Mon cher ami, imaginez un homme qui se croit le droit divin de tuer... disons un usurier ou un proxénète ou tout autre personnage susceptible de soulever l'indignation. Il commet ce que vous appelez, vous, une action coupable, mais ce qu'il considère, lui, comme un acte parfaitement innocent.

— Il me semble, pourtant, qu'un meurtre doit forcément s'accompagner, chez celui qui le commet, d'un sentiment de culpabilité.

— Hum! Je peux bien vous avouer, répondit le docteur Franklin d'un air enjoué, qu'il y a des tas de gens que j'aimerais tuer, moi! Et ne croyez pas qu'après cela, mes nuits seraient troublées par des remords de conscience. Voyez-vous, je pense que quatre-vingt-dix pour cent de la race humaine devrait disparaître. Et nous vivrions ensuite en meilleure intelligence.

Il se leva et s'éloigna en sifflotant entre ses dents. Je le considérai d'un air sidéré. Un petit rire de Poirot me fit revenir sur terre.

— On pourrait croire que vous venez de voir un nid de serpents, mon ami. Espérons que notre docteur ne met pas ses théories en pratique.

— Et s'il le faisait, pourtant?

Après avoir hésité un moment, je décidai d'aller sonder Judith à propos d'Allerton. J'étais impatient de voir ses réactions. Je savais ma fille parfaitement équilibrée et capable de prendre soin d'elle. Je ne la croyais vraiment pas susceptible de se laisser prendre au charme frelaté d'un homme comme Allerton.

Je n'abordai donc ce sujet que dans l'intention de me rassurer, de me raffermir dans mes convictions. Je n'obtins malheureusement pas le résultat escompté, car je m'y pris d'une façon plutôt maladroite. Il n'y a rien qui froisse davantage les jeunes que les conseils de leurs aînés. J'essayai pourtant de parler d'un ton jovial et désinvolte; mais je ne réussis sans doute pas aussi bien que je l'espérais, car Judith se hérissa immédiatement.

— Est-ce une mise en garde paternelle contre le grand méchant loup? me demanda-t-elle d'un air hautain.

— Mais non, Judith. Bien sûr que non.

— Je suppose que le major Allerton ne te plaît pas?

— Je l'avoue franchement. Et je veux croire qu'il ne te plaît pas davantage.

— Pourquoi pas?

— Ma foi... ce n'est pas ton genre.

— Selon toi, papa, quel est donc mon genre?

Judith a le don de me démonter. Elle me regardait en ce moment avec un sourire légèrement dédaigneux qui relevait les coins de ses jolies lèvres.

— Bien sûr, toi, tu ne l'aimes pas, reprit-elle au

bout d'un instant. Moi, si. Je le trouve très amusant.

— Oh! Amusant, peut-être.

— Et très attrayant, ajouta ma fille d'un ton plus posé. N'importe quelle femme serait du même avis. Les hommes, naturellement, ne voient pas les choses sous le même angle.

— Certainement pas.

Et j'ajoutai assez maladroitement :

— Tu es restée très tard avec lui, l'autre soir...

Il me fut impossible d'achever : la tempête venait d'éclater.

— Papa, tu es vraiment trop bête. Ne comprends-tu pas qu'à mon âge, je suis capable de conduire mes propres affaires? Tu n'as aucun droit de regard sur ce que je fais ou sur la façon dont je choisis mes amis. Ce qui rend les jeunes furieux, c'est cette intrusion stupide des parents dans la vie de leurs enfants. J'ai beaucoup d'affection pour toi, mais je suis adulte, et mon existence m'appartient.

Incapable de répondre, je tournai les talons et m'éloignai rapidement, consterné, avec l'impression d'avoir fait plus de mal que de bien. Quelques instants plus tard, j'étais encore perdu dans mes pensées lorsque je fus ramené à la réalité par la voix de Miss Craven, qui m'interpellait d'un ton malicieux.

— A quoi pensez-vous donc, capitaine Hastings?

Je me réjouis de cette interruption dans le cours de mes réflexions, et je me retournai vivement. Miss Craven était véritablement une jolie femme. Peut-être avait-elle un peu trop tendance à se montrer espiègle et enjouée, mais elle était incontestablement intelligente et fort agréable.

Elle revenait d'installer sa malade en un endroit ensoleillé, à proximité du laboratoire improvisé du docteur Franklin.

— S'intéresse-t-elle aux recherches de son mari? demandai-je.

La jeune femme secoua la tête d'un air un peu méprisant.

— Oh! ces travaux sont beaucoup trop techniques pour elle. Vous savez, elle n'est pas d'une intelligence supérieure. Or, les recherches du docteur ne peuvent être comprises et appréciées que par quelqu'un possédant des connaissances scientifiques et médicales. Lui est très intelligent. Je dirai même brillant. Pauvre garçon! Je le plains un peu...

— Vous le plaignez?

— Oui. J'ai si souvent vu des hommes épouser la femme qui ne leur convenait pas!

— Vous croyez que c'est le cas du docteur Franklin?

— Pas vous? Ils n'ont absolument aucun point commun.

— Il semble pourtant qu'il ait beaucoup d'affection pour elle. Il est toujours à ses petits soins...

L'infirmière se mit à rire sur un ton que je trouvai un peu déplaisant.

— Elle s'arrange pour qu'il en soit ainsi.

— Vous pensez donc qu'elle... exploite sa maladie?

Elle se remit à rire.

— Vous auriez du mal à lui en remontrer sur ce chapitre. Tout ce que veut « Sa Seigneurie », elle l'obtient. Certaines femmes sont ainsi : aussi malignes qu'une tribu de singes. Si on se met en travers de leurs désirs, elles se contentent de renverser la tête en arrière et de fermer les yeux en prenant un air pathétique. Ou alors, elles piquent une crise de nerfs. Mrs. Franklin appartient à la première catégorie. Elle ne dort pas la nuit et, le matin, elle est toute pâle et épuisée.

— Mais elle est vraiment malade, n'est-ce pas?

Miss Craven me lança un drôle de coup d'œil.

— Oh, bien sûr! répondit-elle d'un ton sec.

Et elle changea brusquement de sujet pour me demander s'il était vrai que j'eusse déjà séjourné à Styles, au cours de la première guerre.

— Oui, c'est exact, répondis-je.

Elle baissa un peu la voix pour me poser la question suivante.

— Et il y avait eu un meurtre, n'est-ce pas? Une vieille femme, je crois. C'est une des domestiques qui m'en a parlé. Etiez-vous présent, à ce moment-là?

— Oui, j'étais ici.

Elle frissonna légèrement.

— Cela explique tout, non?

— Explique... quoi?

Elle me décocha un coup d'œil oblique.

— Vous ne sentez pas l'atmosphère de cet endroit? Moi, si. Et j'ai l'impression qu'elle a quelque chose d'étrange.

Je réfléchis en silence pendant un moment. Disait-elle vrai?

Un meurtre prémédité pouvait-il laisser, à l'endroit où il avait été commis, une empreinte si forte qu'elle restât perceptible après de nombreuses années? Les gens férus de psychisme l'affirment. Restait-il encore à Styles des traces de cet événement lointain? Ici, entre ces murs, dans ces jardins, avaient plané des pensées de meurtre; des pensées qui avaient grandi, s'étaient précisées pour se concrétiser finalement en un assassinat. Ces pensées flottaient-elles encore dans l'air de Styles?

L'infirmière m'arracha de nouveau à mes réflexions.

— Je me suis trouvée, une fois, dans un endroit où un crime avait été commis, et je ne l'ai jamais oublié. Il s'agissait d'une de mes malades. J'ai été interrogée, j'ai dû déposer à l'enquête, et cela m'avait complètement démoralisée. C'était une expérience extrêmement pénible pour une jeune fille.

— Je le conçois. Je sais, moi aussi...

Je m'interrompis en apercevant Boyd Carrington qui tournait l'angle de la maison. Comme toujours, sa forte personnalité et son entrain semblaient chasser les fantasmes et les craintes impondérables. Il était si robuste, si parfaitement équilibré qu'il paraissait irradier la bonne humeur et le bon sens.

— Bonjour, Miss Craven! Bonjour, Hastings! Où est donc Mrs. Franklin?

— Bonjour, Sir William, répondit la jeune femme. Mrs. Franklin est au fond du jardin, sous le grand hêtre, près du laboratoire.

— Et j'imagine que son mari est dans le labo?

— Oui, avec Miss Hastings.

— Infortunée jeune fille! On n'a pas idée de s'enfermer pour faire de la chimie par une matinée comme celle-ci. Vous devriez élever une protestation, Hastings.

— Oh! mais Miss Hastings est parfaitement heureuse, intervint l'infirmière. Elle aime ça et, d'autre part, je suis sûre que le docteur ne pourrait se passer d'elle.

— Pauvre type! reprit Boyd Carrington en se tournant vers moi. Si j'avais comme assistante une aussi jolie fille que votre Judith, c'est elle que je regarderais de préférence aux cobayes.

C'était le genre de plaisanterie que Judith n'aurait

pas particulièrement apprécié; mais elle parut très au goût de Miss Craven, qui se mit à rire de bon cœur.

— Oh, Sir William! dit-elle. Vous ne devriez pas dire de telles choses. Nous savons d'ailleurs très bien quel serait votre comportement en la circonstance. Mais ce pauvre docteur Franklin est si sérieux... tellement absorbé par ses recherches...

— En tout cas, reprit Boyd Carrington d'un ton jovial, sa femme s'est installée en un endroit d'où elle peut le surveiller. Je la croirais volontiers jalouse.

— Vous paraissez savoir beaucoup de choses, Sir William.

L'infirmière paraissait ravie de cette sorte de badinage.

— Eh bien, dit-elle enfin comme à contrecœur, je crois qu'il est temps que j'aille m'occuper de la farine lactée de Mrs. Franklin.

Elle s'éloigna à pas lents, suivie des yeux par Boyd Carrington.

— Belle fille, dit-il. Des cheveux splendides et des dents éblouissantes. Vraiment un beau spécimen de femme. Ce doit être bien déprimant pour elle de s'occuper sans cesse de malades. Une créature de cette classe mériterait un meilleur sort.

— Bah! J'imagine qu'elle se mariera, un jour ou l'autre.

— Je l'espère.

Il poussa un soupir, et il me vint à l'idée qu'il pensait à sa femme morte. Puis, changeant brusquement de sujet :

— Je me rends à Knatton pour inspecter les travaux en cours, reprit-il. Est-ce que ça vous dirait quelque chose de m'accompagner?

74

— J'en serais ravi. Mais, auparavant, il faut que j'aille demander à Poirot s'il n'a pas besoin de moi.

Je trouvai mon vieil ami assis sous la véranda, soigneusement emmitouflé. Il m'encouragea immédiatement dans mon projet.

— Mais bien sûr! Allez-y, Hastings. Je crois savoir que c'est une très belle propriété.

— Cela me fera plaisir de la visiter. Mais je ne voulais pas vous abandonner...

— Mon brave ami! Allez donc avec Sir William. Un homme charmant, n'est-il pas vrai?

— Absolument, répondis-je avec enthousiasme.

Poirot se mit à sourire.

— Oui, je pensais bien qu'il vous serait sympathique.

3

Je pris grand plaisir à notre randonnée. Non seulement le temps était beau — une radieuse journée d'été —, mais la compagnie de Boyd Carrington ne me déplaisait pas. Il possédait ce magnétisme personnel, cette vaste expérience des gens et des choses qui rendaient sa société agréable. Il me raconta des anecdotes du temps où il était administrateur aux Indes, et il m'apprit des détails curieux sur les coutumes de certaines tribus d'Afrique orientale. Sa conversation éveilla en moi un tel intérêt que j'en oubliai presque le souci que je me faisais pour Judith et l'angoisse que j'avais ressentie aux révélations de Poirot.

J'appréciai aussi la façon dont il parlait de mon

ami. Il éprouvait pour lui un profond respect et savait rendre hommage à sa profession et à sa personnalité. Malgré la mauvaise santé présente du vieux détective, il ne se laissa pas aller à exprimer une pitié plus ou moins facile, paraissant penser qu'une vie comme celle de Poirot portait sa récompense en elle-même et qu'il pouvait trouver dans ses souvenirs satisfaction et fierté.

— D'ailleurs, ajouta-t-il, je serais prêt à parier que son cerveau est aussi lucide qu'il l'a jamais été.

— Je puis vous assurer qu'il l'est, affirmai-je.

— C'est une erreur grossière que de croire qu'un homme affaibli physiquement est, du même fait, diminué intellectuellement. Il n'en est rien. La vieillesse affecte beaucoup moins le cerveau qu'on ne le pense généralement. Et, nom d'un tonnerre, je ne voudrais pas me hasarder à commettre un crime sous le nez d'Hercule Poirot! Même maintenant.

— Vous avez raison, car il vous démasquerait à coup sûr, répondis-je en ébauchant un sourire.

— Je n'en doute pas. D'ailleurs, je ne vaudrais pas grand-chose comme criminel. Je serais incapable de combiner un plan : je manquerais de la patience et de la minutie nécessaires. Si je commettais un meurtre, il ne serait pas prémédité, mais exécuté sous l'impulsion du moment.

— Ce qui le rendrait d'autant plus difficile à élucider.

— Je ne crois pas. Il est probable que je sèmerais des tas d'indices tout autour de moi. Dieu merci, je n'ai pas l'esprit porté vers le crime. La seule catégorie d'homme que je me sentirais capable de tuer, ce serait un maître chanteur. J'ai toujours pensé que ce genre d'individu devrait être abattu impitoyablement. Qu'en pensez-vous?

J'avouai partager en grande partie son point de vue.

Nous commencions à examiner les travaux en cours lorsqu'un jeune architecte s'avança à notre rencontre.

Knatton datait de la période Tudor, hormis une aile ajoutée postérieurement, et la bâtisse n'avait été ni modifiée ni modernisée depuis l'installation, vers 1840, de deux salles de bains primitives.

Mon compagnon expliqua que son oncle était une sorte d'ermite et de misanthrope, qui n'avait jamais utilisé qu'un coin de la vaste demeure. Il tolérait néanmoins ses deux neveux, qui venaient passer leurs vacances à Knatton, du moins avant qu'il ne fût devenu un véritable reclus. Le vieux Sir Everard ne s'était jamais marié et n'avait jamais dépensé plus d'un dixième de ses énormes revenus; de sorte que, même après le paiement des droits de succession, l'actuel baronnet s'était trouvé à la tête d'une fortune considérable.

— C'était vraiment un solitaire, ajouta Boyd Carrington avec un soupir.

Je gardai le silence, car j'étais moi-même une sorte de solitaire. Depuis la mort de ma chère femme, j'avais souvent l'impression de ne plus être que la moitié d'un être humain. Au bout d'un moment, non sans une certaine hésitation, je tentai d'expliquer ce que je ressentais.

— Je vous comprends, Hastings, répondit Boyd Carrington d'une voix lente. Mais vous avez eu quelque chose que je n'ai jamais connu, moi.

Il s'interrompit un instant, puis me donna un aperçu du drame qu'il avait vécu. Sa femme était une ravissante créature, pleine de charme mais pourvue d'une hérédité chargée. Presque tous les membres de sa famille étaient morts alcooliques, et elle finit elle-même victime du même fléau. Moins d'un an après leur mariage, elle avait cédé à ce vice et était morte de dipsomanie. Il ne la blâmait pas, il ne lui en voulait aucunement, comprenant qu'elle avait été incapable de résister à son hérédité trop lourde. Après sa mort, il avait commencé à mener une existence solitaire et, assombri par son expérience, avait résolu de ne pas se remarier.

— On se sent plus en sûreté quand on est seul, ajouta-t-il simplement.

— Oui, murmurai-je au bout d'un instant, je conçois que vous ayez pu éprouver ce sentiment. Du moins, au début.

— Voyez-vous, en dépit des apparences, cette tragédie m'a beaucoup marqué et prématurément vieilli.

Il marqua un temps d'arrêt, puis repartit :

— Il est vrai que... j'ai éprouvé, une fois, une sérieuse tentation. Mais la fille était si jeune qu'il n'aurait pas été chic de ma part de l'enchaîner à un homme aussi désabusé que je le suis. J'étais trop âgé pour elle : ce n'était qu'une enfant... si jolie... si pure...

Il s'arrêta à nouveau et hocha la tête.

— N'était-ce pas à elle de juger? demandai-je.

— Je ne sais pas, Hastings. J'ai pensé que non. Pourtant, je crois que je lui plaisais. Mais, comme je viens de le dire, elle était si jeune! Je la reverrai toujours, telle qu'elle était le jour où je l'ai vue pour la dernière fois, sa tête penchée un peu de côté, ses grands yeux levés vers moi, son air... désorienté, sa petite main...

Une fois de plus, il s'interrompit. Ses paroles évoquèrent en moi une image vaguement familière, je ne saurais dire pourquoi. Puis sa voix, soudain plus dure, m'arracha à mes pensées.

— Maintenant, je me rends compte que je me suis probablement conduit comme un imbécile. Il est toujours stupide de laisser passer une occasion. Quoi qu'il en soit, me voici avec cette immense demeure beaucoup trop vaste pour moi. Et nulle présence féminine pour l'égayer un peu.

— Qu'est devenue cette jeune fille? demandai-je.

— Oh... mariée, bien sûr. Et moi, je suis désormais embarqué dans une existence de vieux garçon. J'ai acquis des habitudes... Mais venez donc voir les jardins. Bien qu'ayant été passablement négligés, ils ne manquent pas d'une certaine beauté.

Nous contournâmes la maison. Knatton était incontestablement un très beau domaine, et je ne m'étonnais pas que son propriétaire en fût aussi fier. D'autre part, Boyd Carrington connaissait parfaitement le voisinage et la plupart des gens des environs, bien qu'il y eût évidemment un certain nombre de nouveaux venus dans la région. Il avait connu le colonel Luttrell de nombreuses années plus tôt, ct il cxprima le souhait que son entreprise de Styles s'avérât rentable.

— Ce pauvre vieux Toby Luttrell est dans la dèche, vous savez, continua-t-il. Un brave type et un bon militaire. Un fameux tireur, aussi : il a pris part à un safari en Afrique, une fois. Ah! c'était le bon temps. Il était déjà marié, mais — Dieu merci! — il n'avait pas amené sa bourgeoise. C'était pourtant une jolie femme, à l'époque. Seulement, elle a toujours été un peu du genre mégère. Il est curieux de constater tout ce qu'un homme peut supporter de la part d'une femme. Le père Luttrell faisait autrefois trembler ses subalternes dans leurs godasses. A cheval sur le règlement et la discipline, le gars. Et à présent, c'est lui qui tremble devant sa femme, brimé, soumis, aussi résigné qu'on peut l'être. Cette femme a une langue de vipère; mais, évidemment, on doit reconnaîtyre qu'elle a de la tête. S'il y a quelqu'un qui soit capable de tirer de l'argent de Styles, c'est elle. Son mari, lui, n'a jamais été doué pour les affaires. Mais cette vieille chipie réussirait à tondre un œuf.

— Ce qui est un peu gênant, fis-je remarquer, c'est son comportement expansif : elle a toujours l'air de vouloir se jeter à votre tête.

Boyd Carrington prit un air amusé.

— Je sais. En apparence, c'est le charme et la douceur personnifiés. Mais avez-vous jamais joué au bridge avec elle?

— Oh, oui! répondis-je en esquissant un sourire.

— En règle générale, j'évite de jouer au bridge avec des femmes. Et si vous m'en croyez, vous ferez de même.

Je lui avouai que Norton et moi nous étions sentis assez mal à l'aise, le soir de mon arrivée, alors que nous faisions une partie avec les Luttrell.

— Brave type, Norton, dit-il. Un peu trop éteint, cependant. Il passe sa vie à observer les oiseaux, mais il n'en tue jamais un seul, m'a-t-il expliqué. En ce qui me concerne, je ne vois pas très bien le plaisir que l'on peut trouver à parcourir les bois pour regarder les oiseaux à travers une paire de jumelles.

Nous ignorions à ce moment-là que l'innocente manie de Norton allait jouer un rôle important dans les événements futurs.

CHAPITRE VIII

1

Les jours s'écoulaient dans une attente qui me rendait nerveux, mais il ne s'était encore véritablement rien passé. Pourtant, il y avait eu de menus incidents, des remarques sur les divers hôtes de Styles, des fragments de conversations un peu étranges, des détails qui, si j'avais su les assembler judicieusement, auraient pu m'éclairer.

Ce fut Poirot, comme d'habitude, qui me montra quelque chose qui m'avait complètement échappé. Je me plaignais pour la centième fois de son refus obstiné de me mettre dans le secret, et je lui déclarai que ce n'était pas chic de sa part, lui rappelant que lui et moi avions toujours, jusque-là, partagé nos renseignements, même si j'avais été souvent trop stupide pour en tirer les conclusions qui s'imposaient.

Il agita la main d'un geste impatient.

— D'accord, mon ami, ce n'est pas chic, ce n'est pas loyal, et je ne joue peut-être pas le jeu. Seulement, en réalité, ce n'est pas un jeu. Ce n'est pas du *sport*. En ce qui vous concerne, vous cherchez à deviner l'identité de X. Mais ce n'est pas pour cela que je vous ai demandé de venir à Styles. Il n'est pas nécessaire que vous vous occupiez de ce détail, puisque je connais déjà la réponse à la question que vous vous posez. Mais ce que j'ignore et que je dois apprendre c'est le nom de la prochaine victime. Il ne s'agit pas de vous amuser à essayer de résoudre des devinettes. Notre but, c'est d'empêcher la mort d'un être humain si nous le pouvons.

J'étais maintenant un peu alarmé.

— Bien sûr, répondis-je lentement, vous m'aviez déjà dit tout ça; mais je ne m'étais pas rendu compte exactement...

— Eh bien, il est temps de vous rendre compte. Dites-moi, Hastings, qui est, selon vous, la victime désignée?

Je le considérai d'un air ébahi.

— Je n'en ai pas la moindre idée.

— Vous devriez avoir une idée! Pour quelle autre raison seriez-vous ici?

Je me remémorai mes réflexions sur la question.

— Il doit sûrement y avoir un rapport entre la victime et X; de sorte que, si vous m'indiquiez l'identité de ce dernier...

Poirot secoua la tête avec énergie.

— Ne vous ai-je pas expliqué l'essentiel de la méthode employée par notre criminel? Il n'y aura rien qui puisse le rattacher à la mort de sa victime. C'est là une certitude.

— Vous voulez dire, je suppose, que le rapport entre victime et assassin sera dissimulé?

— Si bien dissimulé, en vérité, que ni vous ni moi ne le découvrirons.

82

— Mais enfin, en étudiant le passé de ce mystérieux X...

— Non. En tout cas, nous n'y parviendrons pas à temps; car le crime peut être commis d'un moment à l'autre.

— Et la victime sera une personne qui séjourne à Styles?

— Aucun doute sur ce point.

— Vous ne savez vraiment pas qui on se propose de tuer et comment?

— Ah! si je le savais... je ne vous demanderais pas de le découvrir à ma place.

— Vous ne basez votre hypothèse que sur la présence de ce X à Styles?

Je devais avoir l'air un peu perplexe.

— Mais enfin, s'écria Poirot, combien de fois devrai-je revenir là-dessus? Suivez-moi bien, Si une nuée de correspondants de guerre débarquent soudain en un certain point du globe, qu'est-ce que ça signifie? Réponse : la guerre! Si des médecins venant du monde entier se rassemblent dans une certaine ville, quelle conclusion doit-on en tirer? Qu'il va s'y tenir un congrès médical. Quand vous voyez des vautours tournoyer dans les airs, vous pouvez être certain de trouver un cadavre à proximité. Si vous voyez des rabatteurs dans une lande, c'est qu'il va y avoir une chasse. Si vous voyez un homme s'arrêter brusquement au bord d'une rivière, arracher sa veste et se jeter à l'eau, vous pouvez en déduire qu'il se porte au secours de quelqu'un qui se noie. Si vous voyez des dames d'un certain âge et d'apparence respectable jeter des coups d'œil indiscrets par-dessus une haie, vous en conclurez qu'il se déroule de l'autre côté quelque scène croustillante. Si vous sentez une excellente odeur de cuisine et apercevez dans un couloir plusieurs personnes qui vont toutes dans la même direction, vous pouvez affirmer sans risque de vous tromper qu'elles vont se rassembler autour d'une bonne table.

Je méditai un instant sur ces analogies.

— Tout de même, répondis-je ensuite, un seul correspondant de guerre n'annonce pas forcément la guerre.

— Certainement pas. Et une seule hirondelle ne fait pas non plus le printemps. Mais il suffit d'un seul meurtrier, Hastings, pour commettre un meurtre. Ou plusieurs meurtres!

C'était indéniable. Mais il me vint à l'esprit — et Poirot ne semblait pas avoir eu cette idée — que même un meurtrier peut vouloir se reposer. X avait pu venir à Styles uniquement pour passer quelques jours ou quelques semaines de vacances, et cela sans la moindre intention criminelle. Pourtant, Poirot était tellement surexcité que je n'osai lui faire part de mon hypothèse. Je fis simplement la réflexion que toute cette affaire me paraissait sans espoir.

— Il nous faut attendre, murmurai-je en poussant un soupir.

— Attendre et voir venir, ricana Poirot. Comme votre Mr. Asquith durant la dernière guerre. Eh bien, mon cher, c'est là, précisément, la politique à ne pas suivre. Je n'affirme pas, notez bien, que nous réussirons dans notre tâche; car, ainsi que je vous l'ai dit, quand un homme a pris la résolution de tuer, il n'est pas facile de l'en empêcher. Du moins, pouvons-nous essayer. Imaginez, Hastings, que vous êtes en face d'un problème de bridge et que vous voyez toutes les cartes. Tout ce qu'on vous demande de faire, c'est de prévoir le résultat de la donne.

Je secouai la tête.

— Rien à faire, Poirot. Je n'ai pas la moindre idée. Si je savais qui est X...

— Voyons, Hastings, s'écria mon ami, vous n'êtes pas aussi stupide que vous voudriez le faire croire. Vous avez étudié ces cinq affaires dont je vous ai fait lire un résumé. Vous ne savez pas qui est X, mais vous connaissez la technique qu'il a utilisée pour commettre ses meurtres, technique qu'il utilisera encore.

— Oh! je comprends...

— Bien sûr, que vous comprenez. L'ennui, c'est que vous cédez toujours à votre incurable paresse d'esprit. Vous aimez jouer pour deviner. Vous ne faites pas travailler votre cerveau. Quel est le point essentiel de la méthode de X? N'est-ce pas le fait que, le crime une fois commis, il est complet? C'est-à-dire qu'il s'y trouve le mobile, l'occasion, le moyen et, ce qui est plus important encore, que l'on nous présente un « coupable » tout prêt à être accusé et condamné.

Je me rendais compte que j'avais été stupide.

— Oui, dis-je au bout d'un instant, il me faut donc chercher quelqu'un qui... qui réponde à toutes ces exigences. La victime en puissance.

Poirot se renversa contre le dossier de sa chaise en poussant un soupir.

— Enfin! Vous saisissez maintenant quelle est votre tâche. Vous êtes actif, vous pouvez aller et venir, suivre les gens, leur parler, les espionner discrètement...

Je fus sur le point d'élever une protestation, mais je me retins.

— Vous pouvez écouter les conversations, vos genoux sont encore assez souples et ne refuseront pas de se plier pour vous permettre de regarder par les trous de serrures...

— Je ne regarderai pas par les trous de serrures! déclarai-je d'un ton décidé.

Poirot ferma les yeux.

— Très bien. Vous ne regarderez pas par les trous de serrures, vous resterez le parfait gentleman anglais, et quelqu'un se fera tuer. Mais ce dernier point n'a évidemment pas la moindre importance. Chez un Anglais, c'est l'honneur qui passe en premier. Et le vôtre a plus de valeur que la vie d'un être humain. Parfait. C'est compris.

— Mais enfin, Poirot...

— Retirez-vous et veuillez m'envoyer Curtiss, dit mon ami d'un ton glacial. Vous êtes obstiné et, ce qui est plus grave encore, d'une stupidité extrême. Je souhaiterais avoir quelqu'un d'autre en qui placer ma confiance, mais je suppose que je devrai me contenter de vous et m'accommoder de vos absurdes idées de fair play. Ne pouvant utiliser vos petites cellules grises puisque vous n'en possédez pas, servez-vous au moins de vos yeux et de vos oreilles, de votre nez si besoin est. Autant, bien entendu, que vous le permettent vos préceptes sur l'honneur.

2

Ce fut le lendemain que je me hasardai à exposer à Poirot une idée qui m'avait traversé l'esprit à plusieurs reprises. Je le fis avec une certaine prudence, car on ne savait jamais comment il était susceptible de réagir.

— J'ai réfléchi, commençai-je. Certes, je sais que je ne suis pas un type extraordinaire, et vous m'avez même dit que j'étais stupide. En un sens, c'est vrai : je ne suis que la moitié de l'homme que j'étais autrefois. Depuis la mort de ma femme...

Je m'arrêtai. Poirot exprima sa sympathie par une sorte de grognement.

— Mais je crois, continuai-je, qu'il y a ici exactement l'homme qu'il vous faut. De la cervelle, de l'imagination, de la ressource. Il est habitué à prendre des décisions et possède une vaste expérience. Je veux parler de Boyd Carrington. C'est lui qu'il vous faut, Poirot. Mettez-le dans la confidence, racontez-lui toute l'affaire.

Poirot me considéra un instant avant de déclarer :

— Certainement pas.

— Pourquoi? Vous ne pouvez nier qu'il soit intelligent. Beaucoup plus que moi, en tout cas.

— Chassez cette idée de votre esprit, Hastings. Nous ne mettrons personne dans le secret. Que ce soit bien compris. Je vous interdis formellement de parler de cette affaire à quiconque.

— Très bien, puisque vous le voulez ainsi. Mais, vraiment, Boyd Carrington...

— Ta, ta, ta! Je me demande pourquoi vous êtes tellement impressionné par Boyd Carrington. Qu'est-il, après tout? Un garçon suffisant, content de lui parce qu'on l'appelait « Votre Excellence » quand il était gouverneur. Je vous accorde qu'il possède du tact et un certain charme, mais il n'est pas tellement extraordinaire, je puis vous l'assurer. Il se répète, raconte deux fois de suite la même anecdote et, qui plus est, sa mémoire est si défaillante qu'il vous débite l'histoire que vous lui avez vous-même apprise quelques jours plus tôt. Un homme au-dessus du commun, ça? Pas le moins du monde. Un raseur, un ballon gonflé d'air, un pantin bourré de son.

Il était exact que Boyd Carrington avait mauvaise mémoire. Je me rappellai soudain qu'une de ses gaffes avait fait fort mauvaise impression sur Poirot. Ce dernier lui avait raconté une anecdote du temps où il était dans la police belge et, deux jours seulement après cela, alors que nous étions tous rassemblés dans le jardin, Boyd Carrington avait resservi la même histoire à Poirot en prétendant la tenir d'un policier parisien.

Je n'insistai pas et pris congé du vieux détective.

3

Je descendis jusqu'au jardin. Il n'y avait personne. Je traversai la pelouse, puis un bouquet d'arbres et gravis un petit tertre herbeux au sommet duquel se trouvait une vieille serre dans un état avancé de délabrement. Je m'assis sur un banc, allumai ma pipe et me mis à réfléchir.

Qui, à Styles, pouvait avoir un mobile pour assassiner quelqu'un? Je ne voyais vraiment personne. L'ennui, c'était que je ne possédais pas assez de renseignements sur les personnes qui m'entouraient. Quels étaient les principaux mobiles de meurtre? L'argent, la jalousie, la vengeance.

Boyd Carrington était, me semblait-il, le seul homme fortuné de notre petit groupe. S'il venait à disparaître, qui hériterait de sa fortune? Quelqu'un résidant en ce moment à Styles? Cela me paraissait peu probable. Néanmoins, c'était un point à élucider. Il avait pu, par exemple, léguer son argent à la recherche et désigner Franklin comme exécuteur testamentaire. Cela, joint aux remarques peu judicieuses du docteur concernant sa théorie d'élimination de quatre-vingts pour cent de la race humaine, risquait de placer Boyd Carrington dans une situation fort dangereuse.

Il se pouvait aussi que Norton ou Miss Cole fussent des parents éloignés susceptibles d'hériter. Un peu tiré par les cheveux, mais possible tout de même.

Et le colonel Luttrell, qui était une vieil ami de Boyd Carrington, ne pouvait-il pas, lui aussi, figurer sur le testament du nouveau baronnet?

Je me mis ensuite à envisager des possibilités plus romanesques. Mrs. Franklin était malade; mais quelle était l'origine de son mauvais état de santé? Etait-il possible qu'elle fût lentement empoisonnée par son mari? En tant que médecin, il avait toute facilité pour commettre un tel forfait. Mais le mobile? Une affreuse inquiétude me traversa soudain l'esprit à la pensée que Judith y pourrait être pour quelque chose. J'avais de bonnes raisons de savoir que ses relations avec Franklin étaient d'ordre strictement professionnel. Mais l'opinion publique en serait-elle persuadée? Un stupide et cynique officier de police n'aurait-il pas de doutes? Judith était incontestablement une très belle jeune femme. Or, combien de charmantes assistantes avaient-elles été la cause indirecte d'assassinats? Cette pensée m'épouvantait.

Je considérai ensuite le cas d'Allerton. Quelqu'un pouvait-il avoir un motif de le faire disparaître? Si nous devions vraiment avoir un meurtre — ainsi que Poirot en était persuadé — , j'aurais préféré que la victime en fût Allerton plutôt que quelqu'un d'autre. On devait pouvoir trouver assez aisément des raisons de l'assassiner. Miss Cole, bien qu'elle ne fût pas de première jeunesse, était encore une jolie femme. Et on pouvait l'imaginer poussée par la jalousie si on supposait qu'elle avait été, à un moment ou à une autre, l'amie d'Allerton. Mais je n'avais aucune raison de croire que tel fût le cas. D'autre part, si Allerton était le mystérieux X...

Je secouai la tête en un geste d'impatience. Tout cela ne me menait à rien. Un bruit de pas sur le gravier, au-dessous de moi, attira soudain mon attention. C'était Franklin qui se dirigeait rapidement vers la maison, les mains aux poches, la tête baissée. Il paraissait triste et abattu. Maintenant qu'il ne se surveillait pas, je fus frappé par le fait qu'il avait l'air vraiment malheureux.

J'étais si occupé à le suivre des yeux que je sursautai lorsque Miss Cole apparut brusquement à deux pas de moi.

— Je ne vous avais pas entendue venir, dis-je pour expliquer mon mouvement de surprise.

Elle jeta un coup d'œil à la serre.

— Une vieille relique de l'époque victorienne, observa-t-elle.

— Et pleine de toiles d'araignée. Si vous voulez vous asseoir, je vais vous épousseter le banc.

Je me dis que j'avais peut-être là l'occasion de connaître un peu mieux un des habitants de Styles. Tout en épousseter le banc, j'observais discrètement ma compagne. Elle avait entre trente-cinq et quarante ans, un visage maigre avec un profil bien dessiné et de très beaux yeux. Elle avait l'air réservé et paraissait constamment sur la défensive. Je songeai que c'était là une femme qui avait dû souffrir et, de ce fait, se défiait de la vie. J'étais de plus en plus décidé à essayer d'en apprendre un peu plus sur Elizabeth Cole.

— Voilà! dis-je en donnant un dernier coup de mouchoir sur le banc de bois. je ne peux pas faire mieux.

— Je vous remercie.

Elle m'adressa un sourire et s'assit. Je pris place auprès d'elle. Le siège se mit à craquer affreusement, mais la catastrophe que je redoutais ne se produisit pas.

— Dites-moi, continua Miss Cole, à quoi pensiez-vous quand je suis arrivée? Vous paraissiez plongé dans une profonde méditation.

— J'observais le docteur Franklin, répondis-je d'une voix lente.

— Ah oui?

Je ne vis aucune raison pour ne pas lui faire part du résultat de mes réflexions.

— Il m'a soudain semblé qu'il avait l'air très malheureux.

— Mais il l'est, déclara ma compagne d'un ton calme. Ne vous en étiez-vous pas déjà aperçu?

Je montrai quelque surprise et bredouillai :

— Euh... ma foi, non. J'avais toujours considéré, jusqu'à présent, qu'il ne s'intéressait qu'à ses travaux.

— Et c'est bien la vérité.

— Et c'est pourquoi il est malheureux, selon vous? J'aurais cru, au contraire, que c'était, pour une homme comme lui, le plus grand des bonheurs.

— Je ne le conteste pas. Mais à condition de n'être pas gêné dans ses travaux et de pouvoir donner son maximum.

Je la considérai d'un air intrigué.

— A l'automne dernier, poursuivit-elle, on a offert au docteur Franklin l'occasion d'aller continuer ses recherches en Afrique. Vous savez, c'est un homme de très grande valeur, qui a déjà mené à bien des travaux sensationnels dans le domaine de la médecine tropicale.

— Pourquoi n'est-il pas parti?

— Sa femme s'y est opposée. Elle ne se sentait pas assez bien pour supporter le climat, et elle répugnait à rester seule en Angleterre. D'autant qu'il lui aurait fallu se restreindre, car les émoluments prévus pour son mari n'étaient pas très élevés.

— Et j'imagine qu'il a jugé ne pouvoir partir seul, étant donné l'état de santé de Mrs. Franklin.

— Etes-vous bien au courant de son état de santé, capitaine Hastings?

— Mon Dieu... non. Mais elle est malade, n'est-il pas vrai?

— Elle se complaît surtout dans cet état.

Le ton était sec, et il était facile de comprendre que toutes les sympathies de Miss Cole allaient au mari.

— Je suppose, dis-je avec une certaine hésitation, que les femmes de santé délicate ont tendance à se montrer égoïstes.

— Certes. Les malades — les vrais — font habituellement preuve d'un certain égoïsme. Et il est bien difficile de les en blâmer.

— Vous ne croyez donc pas que l'état de Mrs. Franklin soit très grave.

— Oh! je ne voudrais pas être aussi catégorique. Ce n'est qu'un soupçon. Mais... elle paraît faire exactement ce qu'elle veut dans toutes les circonstances.

— J'imagine que vous connaissez bien les Franklin? hasardai-je.

— Oh non. Avant de venir ici, je ne les avais rencontrés qu'une ou deux fois. Ce que je vous dis, je le tiens de votre fille.

Je songeai, non sans une pointe d'amertume, que Judith se confiait plus facilement aux étrangers qu'à son propre père.

— Elle est extrêmement loyale envers son patron, continua Miss Cole, et elle condamne résolument l'égoïsme de Mrs. Franklin.

— Vous la croyez égoïste, vous aussi?

— Oui. Mais je comprends son point de vue. Je... comprends les malades, d'une façon générale, et je conçois que le docteur cède à sa femme. Judith pense évidemment qu'il devrait poursuivre tranquillement ses recherches sans attacher autant d'importance à ses lubies. Votre fille est une scientifique pleine d'enthousiasme.

— Je sais, répondis-je d'un ton chagrin. Et cela me cause parfois du souci. Ça ne paraît pas... naturel. Je ne m'exprime peut-être pas très bien, mais il me semble qu'elle devrait être plus... humaine, prendre du bon temps, se distraire... tomber amoureuse d'un ou deux garçons. Après tout, la jeunesse, c'est le moment de s'amuser et non de se pencher sur des éprouvettes. Non, ce n'est pas naturel. De mon temps, nous nous amusions, nous flirtions, vous le savez...

Un instant de silence, puis Miss Cole déclara d'une voix froide et étrange :

— Non, je ne sais pas.

Je me sentis tout penaud. Inconsciemment, j'avais parlé comme si nous étions contemporains. Et je me rendais soudain compte qu'elle devait être ma cadette d'une quinzaine d'années. J'avais, sans le vouloir, manqué affreusement de tact. J'essayai de me rattraper de mon mieux, mais elle me coupa la parole.

— Ne vous excusez pas. Je voulais dire exactement ce que j'ai dit : *je ne sais pas.* Je n'ai jamais été ce que vous appelez jeune. Et je n'ai jamais pris du « bon temps ».

Je me sentis gêné par l'amertume et le dépit que trahissaient ses paroles.

— Pardonnez-moi, murmurai-je.

Elle esquissa un pâle sourire.

— Oh! ça ne fait rien. Ne faites pas cette tête, et parlons d'autre chose.

Je m'empressai de changer de sujet.

— Connaissez-vous les autres personnes qui sont ici?

— Je connais les Luttrell depuis mon enfance, et je trouve assez triste qu'ils en soient maintenant réduits à faire ce qu'ils font. C'est surtout lui que je plains, car c'est un chic type. Quant à elle, au fond, elle est plus gentille qu'on ne pourrait le croire. C'est le fait d'avoir dû vivre parcimonieusement durant toute sa vie qui l'a rendue pingre. Si vous êtes sans cesse obligé de compter, ça finit par vous affecter. La seule chose qui me déplaise en elle, c'est cette attitude exubérante qu'elle affecte.

— Parlez-moi de Mr. Norton.

— Il n'y a vraiment pas grand-chose à dire. Il est très gentil, assez timide et... peut-être pas très intelligent. D'autre part, il a toujours été de santé délicate. Il vivait avec sa mère, une femme stupide et atrabilaire qui, je crois, le faisait marcher à la baguette. Elle est morte il y a quelques années. Il a la passion des oiseaux, des fleurs et autres choses du même genre. Il est très bon et voit bien des choses...

— A travers ses jumelles?

Miss Cole sourit.

— Je ne parlais pas au sens littéral du terme. Je voulais simplement dire qu'il remarque bien des choses, comme le font souvent les personnes calmes et pondérées. Il est généreux et sait se montrer très attentionné. Mais c'est un peu... un velléitaire. Je ne sais pas si je me fais bien comprendre.

— Oui, je vois ce que vous voulez dire.

— C'est ce qu'il y a de déprimant dans des endroits comme celui-ci, dit Elizabeth Cole.

Sa voix était à nouveau chargée d'amertume.

— Ces pensions de famille tenues par des personnes de la bonne société plus ou moins ruinées sont toujours pleines de ratés, de gens qui ne sont jamais parvenus à rien, qui ont été battus et brisés par la vie, qui sont usés, fatigués, finis.

Elle se tut, et je me sentis envahi par la tristesse. Comme c'était vrai! Nous étions là toute une collection de gens à demi éteints : des têtes grisonnantes, des cœurs mélancoliques. Moi-même, j'étais solitaire, désabusé, et cette jeune femme qui se trouvait près de moi en ce moment était, elle aussi, une créature remplie d'amertume et de désillusion. Le docteur Franklin avait vu ses projets contrecarrés, et sa femme était malade. Le paisible petit Norton s'en allait en boitillant observer les oiseaux à travers ses jumelles. Poirot, autrefois si brillant, était à présent un vieillard à moitié infirme.

Comme les choses étaient différentes, jadis, lorsque j'étais venu à Styles pour la première fois! Ce souvenir m'arracha un soupir de regret.

— Qu'y a-t-il? demanda vivement ma compagne.

— Rien. Voyez-vous, j'ai déjà séjourné ici, dans

ma jeunesse, et je songeais au contraste entre les anciens jours et le temps présent.

— Je comprends. J'imagine que les gens vivaient heureux, à cette époque.

Il est curieux de constater comme, parfois, les souvenirs anciens semblent s'embrouiller, s'enchevêtrer comme les images d'un kaléidoscope. C'était ainsi qu'ils se présentaient maintenant à ma pensée, dans une ahurissante confusion d'événements. Puis les pièces de la mosaïque reprirent leur vraie place.

Et je me rendis compte que mes regrets ne portaient en réalité que sur le passé pour l'amour du passé et non pas sur les événements eux-mêmes. Car, même alors, le bonheur véritable n'existait pas à Styles. Je me remémorai les faits réels sans passion, avec toute l'impartialité dont j'étais capable. Mon ami John et sa femme étaient tous les deux malheureux, irrités et déçus par l'existence qu'ils étaient obligés de mener. Lawrence était plongé dans son éternelle mélancolie. Cynthia voyait son entrain naturel diminué par le fait de sa position subalterne. Ingelthorp avait épousé pour son argent une femme beaucoup plus âgée que lui. Non, aucun d'eux n'était heureux. Et maintenant, il en était de même. Styles était une demeure qui ne portait pas chance.

— Je crois que je me suis laissé bercer par une fausse sentimentalité, dis-je. En vérité, on n'a jamais été très heureux ici. Et on ne l'est pas davantage à présent.

— Votre fille...

— Judith n'est pas heureuse, elle non plus.

J'avais prononcé ces paroles avec l'intime conviction de ne pas me tromper. Non, Judith n'était pas heureuse.

— Boyd Carrington, repris-je avec un rien d'hésitation, me disait l'autre jour qu'il se sentait solitaire. Pourtant, il m'a semblé qu'il prenait un certain plaisir à observer cette maison et ses hôtes.

— Sir William est différent des autres. Il ne fait pas vraiment partie de notre petit groupe. Il vient de l'extérieur, d'un monde où on connaît l'indépendance et le succès. Il a réussi dans la vie, et il le sait. Ce n'est pas un... infirme, lui.

Le mot était curieusement choisi. Je me tournai vers la jeune femme et la regardai d'un air perplexe.

— Pourquoi employez-vous cette expression?

— Parce que c'est la vérité, me répliqua-t-elle. En ce qui me concerne, en tout cas. Je suis une infirme.

— Dois-je en déduire que vous n'avez pas été heureuse, vous non plus?

— Vous ignorez qui je suis, n'est-ce pas? me demanda-t-elle d'un ton plus calme.

— Mon Dieu... je connais votre nom...

— Cole n'est pas mon nom. C'est-à-dire... c'était celui de ma mère. Je l'ai pris... après.

— Après?

— Je m'appelle en réalité Litchfield.

Je ne fis pas immédiatement le rapprochement. Ce nom me paraissait vaguement familier, mais c'était tout. Et puis, je me souvins.

— Matthew Litchfield, murmurai-je.

Elle fit un petit signe affirmatif.

— Je vois que vous êtes au courant. Vous saisissez maintenant ce que je voulais dire tout à l'heure. Mon père était un malade et un tyran. Il nous interdisait toute sorte de vie normale : nous n'avions pas le droit de sortir, de recevoir des amies à la maison. Il nous privait d'argent, bien qu'il fût riche...

Elle s'interrompit, ses beaux yeux sombres levés vers moi.

— Alors, ma sœur... ma sœur...

Elle s'arrêta à nouveau.

— Je vous en prie, ne continuez pas. Cela vous fait du mal. Et je connais l'affaire : il est donc inutile de rappeler ces souvenirs qui vous sont pénibles.

— Vous ne pouvez pas tout savoir. Maggie... C'est inconcevable, incroyable. Bien sûr, elle est allée se livrer à la police, et elle a avoué. Mais même maintenant, il m'arrive parfois de ne pas y croire. Il me semble, je ne sais pourquoi, que ce n'était pas vrai, que les choses n'ont pas pu se passer comme elle l'a déclaré.

— Vous voulez dire que les faits contredisaient ses affirmations?

— Non, non. C'est bien Maggie qui... Mais cela ne lui ressemblait pas. Ce n'était pas vraiment *elle*.

Certaines paroles me venaient aux lèvres, mais je ne les prononçais pas. L'heure n'était pas encore venue de dire à Elizabeth Cole : « Vous avez raison : *ce n'était pas Maggie...* »

CHAPITRE IX

Il devait être environ six heures au moment où je vis Luttrell longer le sentier, armé d'une carabine de petit calibre. Il tenait à la main deux ramiers qu'il venait de tuer. Il sursauta lorsque je l'appelai et parut surpris de notre présence en ces lieux.

— Oh! Que faites-vous donc là? Cette vieille serre délabrée n'est pas très sûre, vous savez. Elle risque de s'écrouler d'un moment à l'autre. Et, en tout cas, vous allez vous salir, Elizabeth.

— Mais non, répondit la jeune femme. Le capitaine Hastings a galamment sacrifié son mouchoir pour protéger ma robe.

— Vraiment? murmura le colonel. Eh bien, dans ce cas, tout est parfait.

Nous nous levâmes et nous approchâmes de lui. Il paraissait absorbé et distrait.

— Je suis allé tuer ces deux maudits ramiers, reprit-il. Vous ne sauriez croire tous les dégâts qu'ils font.

— J'ai cru comprendre vous êtes excellent tireur, dis-je.

— Qui vous a raconté ça? Probablement Boyd Carrington. Je l'étais autrefois, oui. Mais je suis un peu rouillé maintenant. C'est l'âge.

— La vue, sans doute, suggérai-je.

— Pas du tout. Ma vue est aussi bonne qu'elle l'a jamais été. Bien sûr, je suis obligé de porter des lunettes pour lire; mais la vision de loin est parfaite.

Il se tut pendant quelques secondes pour répéter ensuite :

— Oui, parfaite... Bah! peu importe, d'ailleurs.

Sa phrase se termina en un murmure indistinct.

— Quelle belle soirée, dit Miss Cole en parcourant des yeux le paysage qui nous entourait.

Le soleil descendait lentement à l'ouest dans un embrasement d'or et de pourpre qui faisait ressortir le vert foncé des feuilles. C'était une de ces soirées tranquilles et calmes, très anglaises, telle qu'on aime à se les rappeler lorsqu'on est exilé dans quelque lointaine contrée tropicale. C'est ce que j'essayai maladroitement d'exprimer.

— Oui, vous avez raison, approuva énergiquement le colonel. J'ai souvent songé à des soirées comme celle-ci, autrefois, lorsque j'étais aux Indes. Et j'aurais déjà voulu être à la retraite, pour pouvoir enfin me fixer...

J'acquiesçai d'un signe de tête, et il poursuivit d'une voix altérée :

— Oui, se fixer... rentrer chez soi... Mais quand vient le moment, rien n'est jamais comme on se l'était imaginé...

Je me dis que ce devait être particulièrement vrai dans son cas. Il n'avait pas dû prévoir qu'un jour il deviendrait une sorte d'hôtelier, flanqué d'une femme acariâtre toujours en train de le brimer et de le rembarrer.

Nous reprîmes lentement le chemin de la maison. Nous y trouvâmes Norton et Boyd Carrington assis sous la véranda. Le colonel et moi allâmes les rejoindre, tandis que Miss Cole pénétrait à l'intérieur.

Nous bavardâmes pendant quelques instants. Luttrell semblait s'être déridé, et il nous gratifia même d'une ou deux plaisanteries. Je ne l'avais jamais vu aussi gai.

— Il a fait rudement chaud, aujourd'hui, fit remarquer Norton. Je meurs de soif, moi.

— Eh bien, je vous offre un verre, mes amis, dit le colonel.

Nous le remerciâmes, et il se leva pour passer dans la salle à manger. Nous étions assis juste en face de la porte-fenêtre, et nous l'entendîmes ouvrir le buffet pour y prendre une bouteille. Un instant plus tard, nous perçûmes le bruit sec du bouchon.

Et soudain, retentit la voix aiguë de Mrs. Luttrell :

— Que fais-tu, George?

La réponse du colonel ne fut qu'un murmure dont nous ne pûmes saisir que quelques mots : les amis... boire un verre ensemble...

A nouveau, la voix de sa femme, irritée et chargée d'indignation.

— Tu ne feras rien de tel, George! Crois-tu que nous arriverons à nous en tirer, si tu te mets à offrir à boire à tout le monde? Les consommations qui sont servies ici doivent être payées. Moi, j'ai la tête sur les épaules. Si je ne m'occupais pas de tout, nous irions à la faillite. Il faut que je te surveille comme un enfant. C'est assommant, à la fin. Tu n'as pas le moindre bon sens. Donne-moi cette bouteille!... Donne-la moi, je te dis!

Le colonel se hasarda à élever une vague protestation, d'une voix sourde et presque inaudible, mais sa femme lui coupa sèchement la parole.

— Je m'en moque. La bouteille va regagner le buffet.

Nous perçûmes ensuite le grincement d'une clef qui tournait dans la serrure.

— Voilà qui est fait.

Cette fois, la voix du colonel nous parvint plus clairement.

— Tu vas trop loin, Daisy. Et je ne le supporterai pas.

— *Toi*, tu ne le supporteras pas? Et qui es-tu pour me donner des ordres? Je voudrais bien le savoir. Qui dirige cette maison? Moi. Et je ne te conseille pas de l'oublier.

Il s'écoula quelques instants avant que Luttrell ne reparût sur la terrasse. Il paraissait avoir soudain vieilli, et je le plaignais sincèrement.

— Absolument navré, mes amis, dit-il d'un ton forcé, mais il semble que nous soyons à court de whisky.

Il devait pourtant se rendre compte que nous n'avions pas pu nous empêcher de percevoir les échos de la scène qui venait d'avoir lieu. Dans le cas contraire, notre attitude ne l'aurait pas abusé, car nous étions horriblement gênés. Norton fit même preuve de maladresse en s'empressant de déclarer qu'il ne voulait vraiment rien boire avant le dîner. Puis changeant de sujet, il se mit à faire des remarques plus ou moins décousues. Je me sentais moi-même un peu paralysé, et Boyd Carrington — qui était le seul d'entre nous capable de sauver la situation — ne sut pas saisir l'occasion.

Du coin de l'œil, je vis Mrs Luttrell descendre à grands pas une des allées du jardin, munie de gants de caoutchouc et d'un sarcloir. C'était, de toute évidence, une femme fort compétente et qui savait ce qu'elle voulait. Mais j'avoue qu'à ce moment-là, je ressentais une certaine rancune envers elle. Car j'estime qu'aucun être humain n'a le droit d'en humilier un autre.

Norton continuait à parler. Il avait ramassé un des ramiers à l'endroit où Luttrell les avait posés, et il avait entrepris de nous expliquer comment, alors qu'il était encore au lycée, on s'était affreusement moqué de lui parce qu'il avait eu la nausée à la vue d'un lapin qu'on venait d'écorcher. Il continua en nous racontant la longue et insipide histoire d'une partie de chasse en Ecosse, au cours de laquelle un rabatteur avait été tué accidentellement. Nous parlâmes ensuite de divers accidents du même genre. Finalement, Boyd Carrington s'éclaircit la voix et dit :

— Il est arrivé une fois une chose assez curieuse à un de mes ordonnances, qui était allé passer une permission en Irlande. A son retour, je lui demandai si tout avait bien marché. » Sûr, Votre Excellence; ce sont les plus belles vacances que j'aie jamais eues. » — « J'en suis ravi, lui répondis-je, un peu surpris de son enthousiasme. » — « Des vacances sensationnelles, renchérit-il; j'ai tué mon frère. » — « Hein! Tu as tué ton frère? » — « Mais oui, Votre Excellence. Il y avait des années que je voulais le faire. Et cette fois, j'ai réussi. Alors que je me trouvais sur un toit, à Dublin, qui est-ce que je vois passer, en bas, dans la rue? Mon frangin en personne. Et j'avais mon fusil à la main. Vous parlez d'une occase! Bien que ce soit moi qui le dise, Votre Excellence, vous pouvez me croire : ç'a été un joli coup. Je l'ai descendu comme un lapin. Un moment extra, que je n'oublierai jamais. »

Boyd Carrington savait raconter une histoire, et nous nous mîmes à rire de bon cœur. Quand il se fut éloigné en annonçant qu'il voulait aller faire un peu d'exercice avant le dîner, Norton exprima nos sentiments à tous en déclarant d'un ton enthousiaste :

— C'est vraiment un type formidable!

J'abondai dans son sens.

— C'est vrai, dit Luttrell à son tour. Un brave garçon.

— Et je crois qu'il a fort bien réussi partout où il est passé, reprit Norton. Tout ce qu'il entreprend est couronné de succès. Il a la tête sur les épaules, et c'est essentiellement un homme d'action.

— Certains individus sont ainsi, dit Luttrell. Tout ce qu'ils touchent réussit. On dirait qu'ils ne peuvent commettre la moindre erreur... Oui, certaines personnes ont toutes les chances.

Norton secoua la tête à deux ou trois reprises.

— Non, non, ce n'est pas une question de chance.
» Notre destin, cher Brutus, n'est point dans les étoiles, mais en nous-mêmes. (1) »

— Peut-être avez-vous raison, soupira le colonel.

— En tout cas, dis-je, il a de la chance d'avoir hérité le domaine de son oncle. Une propriété splendide. Mais il devrait se remarier. Il se sentira bien seul, dans cette immense maison.

Norton se mit à rire.

— Se marier et se ranger? Et si sa femme le mène par le bout du nez?

C'était le genre de remarque que n'importe qui aurait pu faire; mais, étant donné les circonstances, elle était plutôt déplacée, et Norton s'en rendit

(1) Jules César (Acte I, Sc. 2)

104

compte dès que les mots eurent franchi ses lèvres. Il essaya de les rattraper, hésita, bégaya et, finalement, se tut d'un air gêné, ce qui ne fit qu'aggraver les choses.

Je tentai de sauver la situation en émettant une remarque banale et passablement stupide sur la lumière rougeoyante du soleil couchant, et Norton bredouilla qu'il aimerait bien faire une partie de bridge après le dîner.

Cependant, le colonel n'avait prêté aucune attention à nos remarques.

'— Cela n'arrivera pas à Boyd Carrington, dit-il d'une voix atone. Ce n'est pas le genre de type à se laisser dominer par une femme. C'est un homme, lui!

C'était plutôt gênant. Norton se remit à parler du bridge. Au même instant, un gros ramier passa au-dessus de nos têtes et alla se poser sur un arbre, à une certaine distance.

Le colonel prit sa carabine.

— Encore une de ces sales bêtes!

Mais avant qu'il pût viser, le pigeon avait repris son vol pour aller se réfugier plus loin, en un endroit où il était impossible de l'atteindre. C'est alors que l'attention de Luttrell fut attirée par quelque chose qui bougeait sur la pente, à l'autre extrémité de la pelouse.

— Bon Dieu! grommela-t-il. Je crois qu'il y a encore un lapin en train de grignoter l'écorce d'un de mes jeunes arbres fruitiers. Je les ai pourtant entourés d'un grillage.

Il épaula sa carabine, visa rapidement et pressa la détente.

Un cri de femme retentit, aigu, strident, pour finir en une sorte de plainte.

La carabine échappa aux doigts de Luttrell, et son corps sembla s'affaisser.

— Mon Dieu, C'est Daisy...

Déjà, je traversais la pelouse en courant, suivi de Norton. L'instant d'après, nous étions près de Mrs. Luttrell. Au moment du coup de feu, elle était agenouillée, occupée à attacher un petit arbre fruitier à un tuteur. L'herbe était assez haute, et je me rendis compte que le colonel, dans la lumière atténuée du soleil couchant, n'avait dû déceler qu'un vague mouvement sans pouvoir distinguer sa femme.

Mrs. Luttrell avait été atteinte à l'épaule. Je me baissai pour examiner la blessure, puis levai les yeux vers Norton. Il était appuyé contre un arbre, et son visage était blême, comme s'il était sur le point de s'évanouir.

— Je ne peux pas supporter la vue du sang, murmura-t-il.

— Allez chercher Franklin! ordonnai-je d'un ton plutôt sec. Ou l'infirmière.

Il partit en courant.

Ce fut Miss Craven qui apparut la première sur les lieux. Elle entreprit immédiatement d'arrêter l'hémorragie. Franklin ne tarda pas à faire son apparition à son tour. A eux deux, ils transportèrent la blessée jusqu'à la maison et la montèrent dans sa chambre. Le docteur désinfecta et pansa la blessure, puis alla appeler le médecin habituel de Mrs. Luttrell. Je le rencontrai dans le hall au moment où il raccrochait le téléphone.

— Est-ce grave? demandai-je.

— Non. Elle s'en tirera sans trop de mal. Aucun organe vital n'a été atteint. Comment est-ce arrivé?

Je lui fis un récit succinct de l'accident.

— Hum! je comprends, dit-il. Où est Luttrell en ce

106

moment? Il doit être anéanti, j'imagine. Il a certainement autant besoin de soins que sa femme. Son cœur n'est pas très solide.

Nous trouvâmes le colonel dans le fumoir. Il était livide, avec des lèvres violacées, et il paraissait complètement hébété.

— Comment... va-t-elle? bredouilla-t-il.

Le médecin se hâta de le rassurer.

— Ça ira. Ne vous inquiétez pas.

— J'ai cru... que c'était... un lapin. Je ne sais pas comment j'ai pu... commettre une telle erreur. Je devais avoir le soleil dans les yeux, et...

— Ce sont des choses qui arrivent, dit sèchement le docteur. J'ai déjà été témoin de deux ou trois cas du même genre. Ecoutez, je vais vous donner un remontant : vous n'avez pas l'air très en forme.

— Je vais très bien. Puis-je... aller la voir?

— Pas tout de suite. Le docteur Oliver sera là d'un instant à l'autre, et je suis sûr qu'il vous dira la même chose.

Je laissai les deux hommes ensemble et je sortis dans le jardin. Judith et Allerton remontaient l'allée dans ma direction. L'homme penchait la tête vers celle de ma fille, et tous deux riaient. Venant après le fâcheux accident de Mrs. Luttrell, leur attitude m'irrita plus que de raison. J'appelai Judith d'un ton sec. Elle leva les yeux, surprise, et s'avança vers moi. Je lui racontai en quelques mots ce qui venait de se produire.

— Comme c'est bizarre! dit-elle.

Ce fut son seul commentaire, et j'eus l'impression qu'elle n'était pas aussi troublée qu'elle aurait dû l'être. Quant à la réaction d'Allerton, elle fut littéralement révoltante. Il semblait considérer cet accident comme une bonne plaisanterie.

— Cette sorcière n'a pas volé ce qu'il lui arrive. je suppose que le vieux l'a fait exprès.

— Certainement pas! m'écriai-je. C'est un accident.

— Je connais ce genre d'accidents. Ils sont diablement commodes, dans certains cas. Ma parole, si le père Luttrell a agi délibérément, je lui tire mon chapeau.

— Il ne s'agit de rien de tel! déclarai-je d'un ton irrité.

— N'en soyez pas trop sûr. J'ai connu deux hommes qui avaient tué leur femme. L'un nettoyait son revolver. L'autre a fait feu à bout portant, en manière de « plaisanterie ». Il ne savait pas, a-t-il affirmé pour sa défense, que l'arme était chargée. Tous les deux s'en sont tirés. Une fameuse délivrance, non?

— Le colonel Luttrell, répliquai-je d'un ton glacial, n'appartient pas à ce genre d'hommes.

— Vous devez pourtant reconnaître que ce serait pour lui un sacré soulagement. Ils ne se seraient pas querellés, par hasard?

Je tournai les talons, ce qui me permit de cacher un certain trouble qui commençait à s'emparer de moi. Allerton avait-il entrevu la vérité? Pour la première fois un doute s'insinuait dans mon esprit. Et ma rencontre avec Boyd Carrington n'allait pas arranger les choses. Il revenait de sa promenade et, lorsque je l'eus mis au courant de ce qui s'était passé, il me demanda immédiatement :

— Vous ne croyez pas qu'il ait voulu la tuer, n'est-ce pas?

— Je vous en prie! m'écriai-je.

— Excusez-moi. Je n'aurais pas dû dire ça. Mais, sur le moment, je me suis demandé... Rappelez-vous qu'elle l'avait un peu provoqué.

Nous gardâmes le silence pendant un moment en nous remémorant la scène dont nous avions perçu les échos. Puis, de plus en plus ennuyé et soucieux, je regagnai la maison et allai frapper à la porte de Poirot.

Il avait déjà appris par Curtiss ce qu'il s'était passé, mais il attendait d'autres détails avec une certaine impatience. Depuis mon arrivée à Styles, j'avais pris l'habitude de lui faire part de mes conversations avec les uns et les autres. J'avais l'impression que le pauvre vieux se sentait ainsi moins isolé. Cela lui donnait l'illusion de prendre part à la vie quotidienne de notre petite communauté. J'ai toujours eu une excellente mémoire, et je n'éprouvais aucune difficulté à lui rapporter textuellement les remarques que je pouvais entendre.

Il m'écouta avec la plus grande attention. J'espérais qu'il serait à même d'écarter définitivement l'affreuse hypothèse qui s'était glissée dans mon esprit. Mais il n'avait pas encore eu le temps de me donner son avis lorsqu'on frappa discrètement à la porte.

C'était Miss Craven. Elle s'excusa de nous déranger.

— Je croyais que le docteur était ici, expliqua-t-elle. Mrs. Luttrell a repris connaissance, et elle s'inquiète de son mari. Elle voudrait le voir. Savez-vous où il se trouve, capitaine Hastings? Moi, je ne peux pas m'éloigner de ma malade.

Je me proposai pour aller à la recherche du colonel. Poirot m'approuva d'un signe, et l'infirmière me remercia chaleureusement.

Je trouvai Luttrell dans une petite salle à manger que l'on utilisait rarement. Il était debout près de la fenêtre, les yeux fixés sur le jardin. Il se retourna vivement à mon entrée et posa sur moi un regard interrogateur. La frayeur se lisait dans ses yeux.

— Votre femme a repris connaissance, lui annonçai-je, et elle vous réclame.

Un peu de couleur monta à ses joues, et je me rendis compte alors que je ne lui avais jamais vu un teint aussi blafard.

— Elle me... réclame? bredouilla-t-il. Je... je viens... tout de suite.

Il se dirigea vers la porte d'un pas un peu traînant, et il chancelait tellement que je crus bon de le soutenir. Il s'appuya lourdement à mon bras, et nous gravîmes l'escalier ensemble. Il respirait avec quelque difficulté, et je compris que le choc prévu par le docteur Franklin avait été assez dur.

Dès que j'eus frappé à la porte de la chambre de Mrs. Luttrell, la voix claire de Miss Craven se fit entendre.

— Entrez.

Nous pénétrâmes dans la pièce et contournâmes le paravent qui masquait une partie du lit. Mrs. Luttrell était très pâle et avait les yeux fermés. Elle les ouvrit en nous entendant approcher et murmura d'une voix haletante :

— George... George...

— Daisy, ma chère...

L'un des bras de Mrs. Luttrell était bandé et immobilisé. De l'autre, elle adressa un léger signe à son mari. Il s'avança d'un pas et prit la main de sa femme dans la sienne.

— Daisy... répéta-t-il.

Je tournai la tête vers lui. En voyant l'anxiété et l'éclair de tendresse qui passait dans ses yeux humides de larmes, j'eus honte de nos suppositions. Je me glissai sans bruit hors de la chambre, infiniment soulagé.

Je longeais le couloir lorsque le bruit du gong me fit tressaillir. J'avais complètement oublié l'heure. Cet accident avait bouleversé tout le monde, mais la cuisinière avait poursuivi son travail, et le dîner allait être servi à l'heure habituelle.

La plupart d'entre nous ne s'étaient pas changés, et le colonel n'apparut pas. Par contre, Mrs. Franklin, très belle dans une robe du soir rose pâle, était, pour une fois, descendue à la salle à manger. Elle paraissait en parfaite santé et d'excellente humeur. Mais son mari, lui, avait l'air absorbé et soucieux.

Après le dîner, je fus à nouveau contrarié de voir Allerton et Judith disparaître ensemble dans le jardin. Je restai un instant assis à écouter Franklin et Norton qui discutaient de maladies tropicales. Norton était un auditeur sympathique et intéressé, même lorsqu'il ne connaissait que peu de chose sur le sujet de la conversation.

A l'autre bout de la pièce, Mrs. Franklin bavardait avec Boyd Carrington. Ce dernier montrait à la jeune femme des dessins de rideaux et lui demandait conseil sur le choix des tissus.

Elizabeth Cole tenait un livre à la main et paraissait absorbée par sa lecture. Je songeai qu'elle devait être plutôt gênée et mal à l'aise en ma présence, ce qui n'était pas autrement surprenant après ses confidences de l'après-midi. J'étais d'ailleurs moi-même un peu ennuyé, et l'espérais qu'elle ne regrettait pas trop de m'avoir parlé. J'aurais aimé lui affirmer que je respectais son secret et n'en ferais part à personne. Mais elle ne m'en fournit pas l'occasion.

Au bout d'un moment, je montai à nouveau chez Poirot. J'y trouvai Luttrell, assis au milieu du petit cercle de lumière que projetait l'unique lampadaire allumé dans la chambre. Poirot l'écoutait avec attention, mais j'eus l'impression que le colonel se parlait à lui-même plus qu'il ne s'adressait à son interlocuteur.

— Je me rappelle bien... Oui, c'était à un bal. Elle portait une robe blanche — en tulle, je crois —, qui flottait autour d'elle. C'était une jolie fille, vous savez. Et j'ai été aussitôt conquis. Ce soir-là, je me suis dit en rentrant chez moi : « C'est elle que j'épouserai. » Et je l'ai fait. Elle était charmante, avec ses manières espiègles et sa légère impertinence.

Il étouffa un petit rire.

— Et elle m'a toujours tenu tête.

J'imaginais aisément Daisy Luttrell au début de son mariage, avec son jeune visage effronté et sa langue alerte. Certes, elle devait être charmante, à cette époque; mais bien faite pour se transformer, avec les années, en une authentique mégère. Ce soir, cependant, c'était à cette jeune femme d'autrefois, à son premier véritable amour que songeait avec émotion le vieux colonel.

A nouveau, j'éprouvai un sentiment de honte à la pensée de ce que nous avions osé envisager quelques heures plus tôt. Et lorsque Luttrell se fut retiré, je débitai toute l'histoire à Poirot. Il m'écouta sans m'interrompre, le visage impassible.

— Vous avez donc pensé, dit-il lorsque j'eus terminé, que le coup de feu avait été tiré à dessein sur Mrs. Luttrell.

— Je l'avoue. Maintenant, j'ai honte, mais sur le moment...

Poirot balaya mes scrupules d'un geste vague de la main.

— Cette pensée vous est-elle venue spontanément, ou bien quelqu'un vous l'a-t-il suggérée?

— Allerton avait dit quelque chose dans ce sens, marmonnai-je. Pas étonnant de sa part, évidemment.

— Personne d'autre?

— Boyd Carrington a, lui aussi, envisagé l'hypothèse.

— Ah! Boyd Carrington.

— C'est un homme qui connaît la vie et qui a de l'expérience.

— Bien sûr, bien sûr. Mais il n'a pas assisté à l'accident, n'est-ce pas?

— Non. Il était allé faire un tour avant de se changer pour le dîner.

— Je comprends.

— Je ne pense pas, repris-je d'un air gêné, qu'il ait envisagé sérieusement cette hypothèse. C'était seulement...

Poirot m'interrompit.

— Inutile d'avoir des remords en ce qui concerne vos soupçons, Hastings. Etant donné les circonstances, cette idée pouvait venir à n'importe qui. C'était tout à fait naturel.

Il y avait quelque chose dans son attitude — une certaine réserve, peut-être — que je ne comprenais pas très bien, et ses yeux m'observaient avec une expression bizarre.

— Sans doute répondis-je. Mais quand je vois maintenant à quel point Luttrell est dévoué à sa femme...

Poirot fit un geste d'assentiment.

— Exactement. C'est souvent le cas, ne l'oubliez pas. Derrière les malentendus, les querelles, l'apparente hostilité de la vie quotidienne, il peut exister — et il existe fréquemment — une affection très réelle.

Je tombai d'accord avec lui sur ce point. Je me rappelais le regard tendre et affectueux de Mrs. Luttrell, au moment où son mari se penchait au-dessus de son lit. Plus de rancœur, plus d'impatience ou de mauvaise humeur. Et, tandis que je regagnais ma chambre, je songeais que le mariage est vraiment une curieuse chose. Je me sentais aussi un peu troublé par cet étrange regard de Poirot. On eût dit qu'il attendait que je voie... Mais quoi, au fait?

Et, un peu plus tard, au moment où je me glissais dans mon lit, je compris tout. Si Mrs. Luttrell avait été tuée, l'affaire se serait présentée exactement *comme les autres.* Le colonel aurait, apparemment, tué sa femme, et on aurait conclu à un accident. Pourtant, personne n'aurait pu dire d'une façon absolue si la mort de Mrs. Luttrell avait été véritablement accidentelle ou si elle avait été voulue. Il n'y aurait pas eu assez de preuves pour que l'on pût conclure à un meurtre, mais il y en aurait eu suffisamment pour le soupçonner.

Mais alors, cela signifiait... quoi?

Cela signifiait que le véritable responsable n'aurait pas été le colonel, mais... X. Pourtant, c'était absolument impossible. J'avais été témoin, et je savais que c'était bien Luttrell qui avait fait feu à l'aide de sa carabine. On n'avait perçu aucune autre détonation.

A moins... Mais cela aussi, c'était impossible. Non, peut-être pas impossible, mais hautement improbable. On pouvait supposer que quelqu'un d'autre avait attendu le moment propice et que, à la seconde précise où le colonel avait fait feu — sur un lapin —, cette autre personne avait tiré sur Mrs. Luttrell. Dans ces conditions, on n'aurait perçu qu'une seule détonation. Et même s'il y avait eu un léger décalage, on l'aurait attribué à l'écho. Or, en réfléchissant bien, il me semblait maintenant qu'il y avait eu un écho.

Mais non, tout cela était absurde. De nos jours, on possède des moyens infaillibles pour déterminer par quelle arme un projectile donné a été tiré, les marques laissées sur la balle devant correspondre exactement aux rayures du canon. Cet examen, toutefois, n'a lieu que lorsque la police désire savoir quelle est l'arme qui a tiré. Or, dans cette affaire, il n'y aurait pas eu d'enquête de police, puisque le colonel aurait été persuadé — comme tout le monde d'ailleurs — que c'était lui qui avait tiré le coup fatal. Ce fait aurait été admis, accepté sans discussion, et il n'aurait pas été question de faire examiner l'arme par un expert en balistique. Le seul doute aurait porté sur le fait de savoir si le coup avait été tiré accidentellement ou bien dans une intention criminelle, question qui n'aurait évidemment pas trouvé de réponse valable.

En conséquence, l'affaire aurait été identique aux autres — à celle de Riggs, qui ne se rappelait pas avoir commis le crime mais croyait l'avoir commis; à celle de Maggie Litchfield, qui était allée se livrer pour un meurtre qu'elle n'avait peut-être pas commis.

Oui, cette affaire ne se différenciait pas des autres, et je comprenais mieux, à présent, l'attitude de Poirot.

CHAPITRE X

1

Dès le lendemain matin, je repris la discussion avec Poirot. Il approuva mon exposé par de petits signes de tête et, lorsque j'eus terminé, son visage s'éclaira.

— Excellent, Hastings. Je me demandais si vous verriez l'analogie, mais je ne voulais pas vous la suggérer.

— Je ne me suis donc pas trompé : nous nous trouvons bien en présence d'une autre affaire X.

— Indéniablement.

— Mais pourquoi? Quel en est le mobile?

Poirot hocha pensivement la tête.

— Ne le savez-vous pas? insistai-je. N'en avez-vous aucune idée?

— Si, j'ai une idée, répondit-il d'une voix lente.

— Vous avez trouvé le lien entre ces différentes affaires?

— Je le crois.

— Mais alors...

Je pouvais à peine réfréner mon impatience.

— Non, Hastings.

— Il faut pourtant que je sache.

— Mieux vaut, au contraire, que vous restiez dans l'ignorance.

— Pour quelle raison?

— Pour la raison bien simple que vous devez me faire confiance.

— Vous êtes incorrigible! m'écriai-je. Vous êtes là, perclus d'arthrite, immobilisé dans votre fauteuil, et vous essayez encore, malgré tout, de faire cavalier seul.

— N'en croyez rien. Vous êtes, au contraire, au centre de l'action : vous êtes mes yeux et mes oreilles. Je ne vous refuse certains renseignements que parce qu'ils peuvent être dangereux.

— Vous ne voulez pas, j'imagine, que le criminel soupçonne que vous êtes sur sa piste. Mais me croyez-vous incapable de veiller sur moi-même?

— Vous devriez vous rappeler une chose, Hastings : celui qui a tué une fois n'éprouve aucun scrupule à recommencer.

— Dans le cas présent, il n'y a pas eu meurtre, fis-je observer d'un air sombre.

— Et c'est heureux. Fort heureux, en vérité. Ainsi que je vous l'ai déjà dit, les choses sont difficiles à prévoir.

Il poussa un soupir, et son visage prit une expression soucieuse.

Je me retirai, me rendant compte, non sans une certaine tristesse, que Poirot était désormais incapable d'un effort soutenu. Son esprit était encore alerte, mais son corps était usé. Il m'avait recommandé de ne pas chercher à pénétrer la personnalité de X; mais au fond de moi-même, je restais persuadé que j'étais déjà au courant de son identité. Il n'y avait qu'une seule personne, à Styles, qui m'apparût particulièrement louche, et une question me permettrait de m'assurer de quelque chose. Ce ne serait certes qu'un test négatif, mais il aurait néanmoins une valeur certaine.

Après le petit déjeuner, j'entrepris Judith.

— D'où veniez-vous, toi et le major Allerton, quand je vous ai rencontrés hier?

Lorsqu'on est absorbé par un des aspects d'une question, on a tendance à oublier tous les autres, et je fus surpris de la réaction violente de ma fille.

— Vraiment, papa, je ne vois pas en quoi cela te regarde.

Je la dévisageai d'un air éberlué.

— Je... ne faisais que poser... une question.

— Oui, mais pourquoi? Pourquoi faut-il que tu passes ton temps à poser des questions? Qu'est-ce que je faisais, où suis-je allée et avec qui... C'est intolérable, à la fin.

Le plus drôle de l'histoire, c'était que, cette fois, ma question ne concernait pas réellement Judith. J'étais surtout intéressé par les faits et gestes d'Allerton. J'essayai de la calmer.

— Vraiment, Judith, je ne vois pas pourquoi je ne pourrais pas te demander ça.

— Et moi, je ne vois pas pourquoi tu tiens à le savoir!

— Je n'y tiens pas particulièrement. Je me demandais seulement pourquoi vous ne paraissiez savoir ni l'un ni l'autre ce qui venait de se passer.

— Tu veux parler de l'accident survenu à Mrs. Luttrell? Eh bien, puisque ça t'intéresse, j'étais descendue au village pour acheter des timbres.

— Hein? Allerton n'était donc pas avec toi?

Judith poussa un soupir exaspéré.

— Eh bien, non, là! dit-elle d'un ton de colère froide. Je venais de le rencontrer près de la maison deux minutes plus tôt. J'espère que te voilà satisfait. Je veux cependant bien préciser que même si j'avais passé toute la journée avec lui, ça ne serait pas davantage ton affaire. J'ai vingt et un ans, je gagne ma vie, et la façon dont je passe mon temps ne concerne que moi.

— C'est vrai, dis-je vivement pour tenter d'endiguer le flot de son indignation.

— Je suis heureuse que tu le reconnaisses.

Elle paraissait un peu radoucie et esquissa un sourire un peu triste.

— Mon Dieu, essaie donc de ne pas jouer constamment les pères nobles. Tu ne peux savoir à quel point c'est énervant. Si seulement tu voulais bien ne pas faire tant d'histoires à propos de tout et de rien!

— Je n'en ferai plus, c'est promis.

Franklin arrivait à grandes enjambées.

— Bonjour Judith! dit-il. Venez, nous sommes en retard.

Son attitude était brusque et à peine polie. Malgré moi, je me sentais contrarié. Je savais bien que Franklin était le patron de Judith et que, du moment qu'il la payait, il était en droit de lui donner des ordres. Tout de même, il aurait pu le faire avec plus de courtoisie. Certes, ses manières n'étaient pas exactement raffinées, j'avais déjà pu m'en rendre compte à plusieurs reprises. Du moins faisait-il preuve envers la plupart des gens d'une certaine politesse. Mais, à l'égard de Judith, surtout depuis quelque temps, il était devenu brusque et dictatorial à l'extrême. Quand il lui adressait la parole, il la regardait à peine et se contentait d'aboyer ses ordres. Judith ne semblait pas s'en formaliser, mais j'éprouvais, moi, un certain ressentiment. Je me disais, en outre, que cette attitude était d'autant plus regrettable qu'elle contrastait terriblement avec les attentions exagérées d'Allerton. Nul doute que Franklin ne valût dix fois plus qu'Allerton, mais la comparaison n'était pas en sa faveur sur le plan du charme et de la courtoisie.

Tandis qu'il s'éloignait en direction du laboratoire, je ne pouvais m'empêcher de remarquer sa démarche dégingandée, son corps anguleux, les os saillants de son visage, ses cheveux roux et ses taches de rousseur. C'était, dans l'ensemble, un homme plutôt disgracieux et dépourvu des qualités physiques les plus évidentes. Un cerveau, certes, mais les femmes s'éprennent rarement d'un cerveau quand il n'y a pas autre chose pour aller avec. Je songeais avec consternation que, étant donné les conditions de son travail, Judith n'avait pratiquement jamais l'occasion de rencontrer des hommes doués d'un certain attrait et de les comparer. A côté du bourru et peu attrayant Franklin, Allerton n'avait aucun mal à faire ressortir son charme factice et frelaté. Ma pauvre fille était, de ce fait, dans l'impossibilité de le juger à sa juste valeur.

Et si elle allait s'éprendre sérieusement de lui? L'irritation dont elle venait de faire preuve était un signe peu rassurant, car Allerton était un sale individu. Il était même possible qu'il fût quelque chose de plus. Et s'il était X? Ce n'était pas impossible. Au moment du coup de feu qui avait blessé Mrs. Luttrell, il ne se trouvait pas avec Judith, ainsi que je l'avais d'abord cru. Mais quel aurait pu être son mobile secret? J'étais sûr qu'il n'était pas fou. Il paraissait parfaitement sain d'esprit mais absolument dépourvu de moralité et de scrupules.

Or, Judith, ma Judith, le fréquentait beaucoup trop.

2

Jusque là, bien que me faisant du souci pour ma fille, l'éventualité d'un crime susceptible d'être commis d'un moment à l'autre avait un peu chassé de mon esprit mes problèmes personnels.

Maintenant que le coup avait été exécuté, qu'une tentative d'assassinat avait heureusement échoué, je pouvais mieux me concentrer sur la question. Mais plus je réfléchissais et plus mon anxiété augmentait. Quelques mots entendus par hasard m'avaient appris qu'Allerton était marié. Boyd Carrington, qui paraissait savoir des tas de choses sur tout le monde, m'éclaira un peu plus encore. La femme d'Allerton l'avait quitté quelques mois seulement après leur mariage. Mais étant catholique pratiquante, elle s'était toujours refusée au divorce.

— Et si vous voulez mon avis, ajouta mon interlocuteur, ce salaud s'accommode fort bien de la situation. Ses intentions n'ont jamais rien d'honorable, et une épouse dans le tableau fait parfaitement son affaire.

Nouvelle fort agréable, en vérité, pour un père!

Les jours qui suivirent l'accident s'écoulèrent sans événement marquant, mais l'inquiétude ne m'abandonnait pas pour autant.

Le colonel Luttrell passait le plus clair de son temps dans la chambre de sa femme, et une nouvelle infirmière était arrivée récemment, de sorte que Miss Craven pouvait à nouveau se consacrer entièrement à Mrs. Franklin. Sans vouloir faire preuve de malveillance, je dois admettre que j'avais observé chez cette dernière certains signes d'irritation du fait qu'elle n'était plus l'unique malade de la communauté. L'attention qui se concentrait sur Mrs. Luttrell lui déplaisait visiblement, car elle était habituée à ce que sa santé fût le thème constant de l'actualité. Elle restait nonchalamment étendue dans une chaise longue, une main posée sur son sein gauche et se plaignant de palpitations. La nourriture qu'on lui servait ne lui convenait jamais, et elle dissimulait son mécontentement derrière un masque de patiente résignation.

— Je déteste faire des embarras, déclara-t-elle un jour sur un ton plaintif en s'adressant à Poirot. J'ai tellement honte d'être en mauvaise santé. C'est si... humiliant d'être constamment tributaire des autres. Je pense parfois que la maladie est un véritable crime contre la société. Si on n'est pas en bonne santé et, de plus, doué d'une totale insensibilité, on n'est pas adapté au monde d'aujourd'hui, et on devrait être... éliminé en douceur.

— Ah, non, madame! se récria Poirot, toujours galant. La délicate fleur exotique a droit à l'abri d'une serre, puisqu'elle ne peut supporter les vents glacés. C'est la mauvaise herbe qui se développe dans l'air hivernal, ce qui ne signifie nullement qu'elle ait plus de valeur. Considérez mon état personnel. Je suis plus ou moins perclus, incapable de me déplacer tout seul; et pourtant, je ne songe pas à quitter la vie. Je profite encore de bien des choses : la bonne table, le bon vin, les plaisirs intellectuels.

Mrs. Franklin poussa un soupir.

— Pour vous, c'est différent, murmura-t-elle. Vous n'avez à vous occuper que de vous-même. Moi, j'ai mon pauvre John, et je n'ignore pas que je suis pour lui un lourd fardeau. Une femme malade et inutile. Un véritable boulet qu'il est obligé de traîner. Comprenez-vous?

— Je suis bien certain qu'il ne vous a jamais fait un tel reproche.

— Pas sous cette forme, c'est vrai. Mais les hommes sont si transparents! Et John est incapable de dissimuler. Il ne fait pas exprès d'être cruel, bien sûr; mais il est — heureusement pour lui, en un sens — dépourvu de sensibilité. Il n'éprouve aucun sentiment profond et ne comprend pas que les autres puissent être différents. Au fond, il a de la chance d'être ainsi.

— Je ne vois pas du tout les choses de cette façon, affirma Poirot.

— Non? Alors, c'est que vous ne le connaissez pas aussi bien que moi. Evidemment, je conçois que si je n'étais pas là, il serait plus libre. Et, parfois, je me sens si déprimée qu'il me semble que ce serait un véritable soulagement d'en finir une fois pour toutes.

— Allons, madame, il ne faut pas parler ainsi.

— Pourquoi? Après tout, je ne suis utile à personne.

— Elle hocha la tête d'un air accablé.

— Je m'en irais vers le grand inconnu, et... John serait libre.

Lorsque, plus tard, je répétai cette conversation à Miss Craven, elle me déclara sans ambages :

— Des bêtises, que tout ça. Elle ne fera jamais rien de tel, je puis vous l'assurer. Ceux qui parlent sans cesse d'en finir n'ont pas la moindre intention d'en arriver là.

Et je dois reconnaître que, lorsque fut passée l'agitation soulevée par l'accident de Mrs. Luttrell, lorsque Miss Craven eut repris son poste auprès de Mrs. Franklin, l'état d'esprit de celle-ci s'améliora considérablement.

Un certain matin, Curtiss avait amené Poirot sous les ormes qui se trouvaient à proximité du laboratoire. C'était un des endroits favoris de mon vieil ami, car il s'y trouvait à l'abri du vent. Cela lui convenait à merveille, car il avait toujours eu horreur des courants d'air. Au fond, je crois qu'il eût préféré rester à l'intérieur de la maison, mais il avait fini par accepter de sortir de temps à autre, à condition d'être bien couvert.

Au moment où je le rejoignais, Mrs. Franklin sortait du laboratoire. Elle était vêtue avec beaucoup de goût et avait l'air particulièrement joyeuse. Elle nous expliqua qu'elle devait aller faire une promenade avec Boyd Carrington, qui lui avait demandé de le conseiller dans le choix des rideaux et des tentures. Et ils devaient se rendre ensemble à Knatton pour voir où en étaient les travaux.

— Je viens de récupérer mon sac à main, que j'avais oublié au labo, hier, quand je suis allée parler à John, ajouta-t-elle.

Puis, après quelques secondes de silence :

— Aujourd'hui, il est parti à Tadcaster avec Judith pour aller chercher certains produits chimiques dont il était à court.

Elle prit place sur un banc et hocha la tête d'un air comique.

— Les pauvres! Je me réjouis de ne pas être une

scientifique. Par une belle journée comme celle-ci, tout cela me semble tellement... déplacé...

— N'allez pas faire ce genre de déclaration aux scientifiques, répondit Poirot en riant.

— Non, bien sûr.

Elle changea brusquement d'expression et redevint sérieuse.

— Ne vous imaginez surtout pas, M. Poirot, que je n'admire pas mon mari. Vous seriez dans l'erreur. Je reconnais que sa façon de vivre uniquement pour son travail est vraiment... formidable.

Sa voix tremblait légèrement, et je la soupçonnai de se complaire à jouer différents rôles. En ce moment, elle était l'épouse loyale et aimante.

— John, continua-t-elle, est une sorte de saint, vous savez. Et, parfois, cela me fait presque peur.

Comparer Franklin à un saint, c'était sans doute aller un peu loin, me dis-je. Cependant, la jeune femme poursuivait, les yeux brillants :

— Il est capable de faire n'importe quoi, de courir les risques les plus insensés pour faire progresser le savoir humain. C'est tout de même beau, ne trouvez-vous pas?

— Assurément, assurément, murmura Poirot.

— Pourtant, j'éprouve parfois une certaine inquiétude à son sujet. Je me demande... jusqu'où il peut vouloir aller, par exemple avec cette affreuse fève de Calabar sur laquelle il travaille en ce moment. Je crains qu'il ne l'expérimente sur lui-même.

— Dans ce cas, dis-je, il prendrait évidemment toutes les précautions nécessaires.

La jeune femme hocha la tête avec un petit sourire triste.

— Vous ne le connaissez pas. N'avez-vous jamais entendu parler de ce qu'il a fait, une fois, avec un certain gaz?

— Non.

— Il s'agissait d'un gaz dont on voulait connaître les propriétés. Eh bien, John s'est proposé pour l'expérimenter. On l'a enfermé pendant trente-six heures dans un caisson rempli de ce gaz — en surveillant son pouls, sa température, sa respiration — afin de savoir quels étaient les effets du gaz sur l'organisme et déterminer s'ils étaient les mêmes sur les hommes et les animaux. C'était un risque terrible, ainsi qu'un des professeurs me l'a avoué par la suite, et John aurait parfaitement pu y rester. Mais il est ainsi : pour l'amour de la science, il oublierait jusqu'à sa propre sécurité. Je trouve que c'est prodigieux. Pas vous? Moi, je n'aurais pas le courage de faire des choses semblables.

— Il est certain qu'il faut en avoir pour agir ainsi de sang-froid, reconnut Poirot.

— Certes. Et je suis terriblement fière de lui. Mais, en même temps, son comportement m'inquiète. Parce que, voyez-vous, au-delà d'un certain stade, les cobayes et les grenouilles ne servent plus à rien. Il faut connaître les réactions de l'homme. Et c'est pourquoi j'ai affreusement peur que John ne veuille éprouver lui-même les effets de cette maudite fève et qu'il n'en résulte quelque chose de terrible.

La jeune femme poussa un soupir avant d'ajouter :

— Mais il ne fait que rire de mes frayeurs. C'est vraiment une sorte de saint, je vous assure.

Boyd Carrington, qui sortait de la maison, s'avança vers nous.

— Alors, Babs, es-tu prête?

126

— Mais oui, Bill, je t'attendais.

— J'espère que cette promenade ne te fatiguera pas trop.

— Bien sûr que non. Il y a des siècles que je ne me suis sentie aussi bien : je suis en pleine forme.

Elle se leva, nous adressa un sourire et s'éloigna en compagnie de son chevalier servant.

— Le docteur Franklin, saint moderne, murmura Poirot. Hum!

— Changement total d'attitude, fis-je remarquer. Mais je crois qu'elle est comme ça.

— Comme quoi?

— Elle aime à se produire dans différents rôles : un jour dans celui de l'épouse incomprise et négligée, le lendemain dans celui de la femme qui se sacrifie et déclare être un fardeau pour l'homme qu'elle aime. L'ennui, c'est que ses rôles sont toujours un peu chargés.

— Vous pensez donc, reprit Poirot d'un air soucieux, que Mrs. Franklin est un peu sotte.

— Mon Dieu, je n'irai pas jusque là. Mais elle n'est sans doute pas d'une intelligence supérieure.

— Ah! Elle n'est pas votre type, c'est sûr.

— Et quel est mon type, je vous prie? demandai-je vivement.

La réponse de Poirot fut pour le moins inattendue.

— Ouvrez la bouche, fermez les yeux et voyez ce que les fées vous envoient...

L'apparition de Miss Craven m'empêcha de répondre. Elle traversa la pelouse d'un pas léger et nous adressa un sourire éblouissant. Elle pénétra dans le laboratoire et reparut aussitôt avec une paire de gants.

— D'abord son sac à main, et maintenant ses

gants, soupira-t-elle. Elle oublie toujours quelque chose.

Elle s'éloigna en direction de l'endroit où attendaient Mrs. Franklin et Boyd Carrington.

Je me dis que Barbara était de toute évidence une de ces femmes qui laissent constamment traîner quelque objet derrière elles, attendant qu'on vienne le leur rapporter. On a d'ailleurs parfois l'impression qu'elles sont assez fières de leur comportement. J'avais souvent entendu Mrs. Franklin murmurer d'un ton plaintif :

— J'ai la tête comme une passoire.

Je suivis des yeux Miss Craven tandis qu'elle retraversait la pelouse. Elle avait un corps bien fait, et elle courait avec grâce.

— Je croirais volontiers, dis-je sans réfléchir, qu'une jeune femme se lasse assez vite de ce genre de vie. Et je ne pense pas que Mrs. Franklin soit d'un naturel particulièrement reconnaissant.

Sans raison apparente, Poirot ferma les yeux et murmura :

— Des cheveux acajou.

Bien sûr, Miss Craven avait les cheveux de cette couleur. Mais je ne voyais pas pourquoi il choisissait cet instant pour en faire la remarque.

Je ne répondis pas.

CHAPITRE XI

Ce fut, me semble-t-il, le lendemain matin avant-le déjeuner qu'eut lieu une conversation qui me laissa rêveur.

Nous étions quatre : Judith, Boyd Carrington, Norton et moi. Je ne sais plus comment cela commença, mais nous nous trouvâmes tout à coup en train de discuter sur l'euthanasie. Ce fut, comme il était naturel, Boyd Carrington qui parla le plus, Norton plaçant un mot de temps à autre et Judith restant silencieuse mais attentive. Quant à moi, je confessai que, en dépit des arguments en faveur de cette pratique, elle me causait une certaine répugnance. Et j'ajoutai que son acceptation universelle laisserait trop de pouvoir entre les mains des parents du malade. Norton fut de mon avis, ajoutant que l'euthanasie ne devrait être permise que sur la demande expresse du malade lui-même et à condition que la mort à brève échéance fût absolument certaine.

— Seulement, reprit Boyd Carrington, la personne concernée au premier chef souhaite-t-elle jamais que l'on « mette fin à ses souffrances », pour employer une expression consacrée ?

Et il nous raconta une histoire qu'il déclara absolument authentique. Un malade qui souffrait affreusement d'un cancer inopérable demanda à son médecin traitant de lui donner « quelque chose qui lui permît d'en finir rapidement ». Le docteur répondit qu'il lui était impossible d'agir ainsi. Mais, un peu plus tard, au moment de se retirer, il laissa à la portée du malade un certain nombre de tablettes de morphine en précisant combien il pouvait en prendre sans danger. Le malade aurait donc pu absorber une quantité de drogue suffisante pour en finir. Eh bien, il n'en fit rien, prouvant ainsi que, en dépit de ses souffrances et malgré sa requête, il tenait encore à la vie.

Judith prit alors la parole pour la première fois.

— Bien entendu! dit-elle d'un ton énergique. On n'aurait pas dû lui laisser la décision.

— Que voulez-vous dire? demanda Boyd Carrington.

— Une personne affaiblie par la maladie et la souffrance ne possède plus la volonté nécessaire pour prendre une décision valable. Il faut donc se substituer à elle. C'est le devoir de ceux qui l'entourent et qui l'aiment.

— Le... devoir? répétai-je d'un air étonné.

Ma fille se tourna vers moi.

— Oui, j'ai bien dit le *devoir*. Il est indispensable qu'une personne à l'esprit lucide prenne la responsabilité d'agir.

Boyd Carrington secoua la tête.

— Pour finir en cour d'assises avec une accusation de meurtre sur le dos?

— Pas forcément. Et puis, si vous aimiez véritablement quelqu'un, vous seriez prêt à courir le risque.

— Voyons, Judith, intervint à nouveau Norton, ce serait là assumer une terrible responsabilité.

— Je ne crois pas. Les gens ont en général beaucoup trop peur des responsabilités. Ils abrègeraient les souffrances d'un chien malade. Pourquoi pas celles d'un humain?

— C'est tout à fait différent.

— Oui, parce que c'est encore plus important, déclara nettement Judith.

— Vous me coupez le souffle, murmura Norton.

— Ainsi donc, reprit Boyd Carrington en s'adressant à ma fille, vous prendriez ce risque, vous.

— Je le crois. Le risque ne m'effraie pas.

— Moi, je ne le ferais pas. On ne peut pas permettre aux gens de décider de la vie ou de la mort.

— En réalité, dit Norton, la plupart des gens n'auraient pas le courage d'assumer une telle responsabilité.

Il esquissa un sourire et regarda Judith.

— Et je ne crois pas que vous l'auriez, ce courage, si le cas se présentait.

— On ne peut évidemment être sûr de rien, reconnut ma fille d'un ton calme. Mais je pense que je l'aurais.

— J'en doute. A moins que vous n'y ayez un intérêt personnel.

Judith rougit violemment et l'apostropha d'un ton vif.

— Votre remarque prouve que vous ne comprenez rien du tout. Si j'avais un... motif personnel, je ne pourrais rien faire!

Puis, s'adressant à tous :

— Il est indispensable que l'acte soit absolument impersonnel et désintéressé.

— Tout de même, insista Norton, vous ne le feriez pas.

— Si. D'abord, je considère pas que la vie soit une

chose aussi sacrée qu'on le prétend généralement. Les vies inutiles devraient être supprimées. Seuls les gens qui apportent à la communauté une contribution valable devraient être autorisés à vivre.

Elle tourna vivement la tête vers Boyd Carrington.

— Vous êtes de mon avis, n'est-ce pas?

— En principe, oui, répondit-il d'une voix lente. Seuls devraient survivre ceux qui le méritent.

— Bien des gens accepteraient sans doute votre théorie, intervint à nouveau Norton; quant à la mettre en pratique...

— Ce n'est pas logique! répliqua Judith.

— Bien sûr que non, puisque c'est simplement une question de courage. Si vous me permettez cette expression triviale, je dirai que la plupart des gens n'ont pas « assez d'estomac » pour se lancer dans une semblable aventure.

Judith se taisant, il poursuivit :

— Franchement, je suis persuadé que vous agiriez de même. Le moment venu, le courage vous manquerait.

— Vous croyez?

— J'en suis sûr.

— Moi, dit Boyd Carrington, je crois que vous vous trompez, Norton. Judith a beaucoup de courage. Fort heureusement, le cas dont nous discutons ne se présente que rarement.

A l'intérieur de la maison, le gong retentit soudain. Judith se leva et adressa encore quelques mots à Norton.

— Vous savez, vous êtes dans l'erreur la plus complète. J'ai beaucoup plus de cran que vous ne l'imaginez.

Elle tourna les talons et se dirigea vers la maison

d'un pas rapide. Boyd Carrington courut après elle.

— Judith! Attendez-moi...

Je me mis en route à mon tour. Je ne sais pourquoi, je me sentais un peu désemparé. Norton, qui était toujours prompt à saisir l'humeur d'autrui, tenta de me réconforter.

— Elle ne parle pas sérieusement, vous savez. C'est là le genre de théorie que l'on entretient quand on est jeune, mais que — Dieu merci — on ne met pas en pratique. Ce ne sont que des paroles en l'air.

Je crois que Judith entendit la réflexion, car elle tourna la tête et lui lança un regard furieux.

Norton baissa un peu la voix pour continuer.

— Les théories ne doivent pas nous tracasser. Mais... écoutez donc, Hastings...

— Oui?

Il paraissait un peu gêné.

— Je ne voudrais pas me mêler de ce qui ne me regarde pas. Cependant... euh... que savez-vous d'Allerton?

— Que vient faire Allerton dans cette histoire?

— Pardonnez-moi mon indiscrétion. Mais, franchement, si j'étais à votre place, je ne laisserais pas trop cette gamine en sa compagnie. C'est un... Enfin, sa réputation n'est pas des meilleures.

— J'ai déjà vu à quelle sorte d'individu nous avons affaire, dis-je d'un ton amer. Mais, de nos jours, il n'est pas si facile...

— Oh! je sais. Les jeunes filles peuvent se garder toutes seules, prétend-on. La plupart du temps, c'est vrai. Seulement... Allerton a une technique personnelle... très au point. Et qui a souvent fait ses preuves.

Après un instant d'hésitation, il poursuivit :

— Ecoutez, je crois de mon devoir de vous mettre

en garde. Naturellement, n'allez pas répéter ce que je vais vous confier. Mais il se trouve que je suis au courant d'une assez vilaine affaire qui le concerne.

Il me la raconta, et je fus à même, plus tard, d'en vérifier l'exactitude. C'était l'histoire d'une jeune fille moderne, indépendante, sûre d'elle. Allerton avait mis en pratique toute sa « technique ». Et, quelques mois après, la gamine avait mis fin à ses jours en absorbant une dose mortelle de véronal.

Le plus terrible, c'est qu'elle appartenait au même genre de fille que Judith. Une de ces filles indépendantes et fières qui, lorsqu'elles donnent leur cœur le donnent entièrement, avec un abandon que les petites écervelées ne sauraient connaître.

J'allai déjeuner en proie à un sinistre pressentiment.

CHAPITRE XII

1

— Ya-t-il quelque chose qui vous tracasse, mon ami? me demanda Poirot ce même après-midi.

Je me contentai de hocher la tête. Je ne me sentais pas le droit de l'ennuyer avec un problème strictement personnel, d'autant qu'il ne pouvait m'aider en aucune façon. Même s'il avait fait des remontrances à Judith, elle les aurait accueillies avec ce sourire détaché qu'arborent les jeunes filles devant les conseils assommants des personnes plus âgées.

Il m'est difficile maintenant de décrire avec précision les sentiments qui m'animaient ce jour-là. Après coup, en y réfléchissant, je suis enclin à mettre une partie de mes soucis au compte de l'atmosphère qui régnait à Styles. C'était un lieu où les plus folles chimères vous venaient aisément à l'esprit. Mais le passé n'était pas seul en cause : il y avait aussi un présent inquiétant. Un meurtrier hantait la maison, et la menace du crime planait sur nous tous.

Autant qu'il me fût possible d'en juger, c'était Allerton le criminel. Et Judith, ma propre fille, en était tombée amoureuse! C'était incroyable, monstrueux, et je ne savais que faire.

Après le déjeuner, Boyd Carrington m'attira à l'écart. Il toussota d'un air gêné avant d'en venir au fait. Finalement, il me dit d'une voix saccadée :

— Ne croyez pas que je veuille me mêler de ce qui ne me regarde pas; mais, si j'étais vous, je mettrais ma fille en garde. Vous savez, Allerton a fort mauvaise réputation. Et Judith semble... assez éprise.

Il est facile de parler ainsi quand on n'a pas d'enfants. Mettre Judith en garde contre Allerton? A quoi bon, puisque j'avais déjà essayé? Cela ne ferait maintenant qu'aggraver les choses. Si seulement ma femme avait été encore parmi nous! Elle aurait su, elle, ce qu'il fallait faire, ce qu'il fallait dire.

J'étais tenté, je l'avoue, de ne plus aborder ce sujet avec ma fille. Mais je songeai ensuite que ce serait vraiment faire preuve de lâcheté. Cependant, j'hésitais encore. En vérité, je crois bien que j'avais peur de ma belle et fière Judith.

Je mis à parcourir le jardin en long et en large, en proie à une agitation croissante. Mes pas me conduisirent jusqu'à la roseraie. Là, je sentis soudain la décision m'échapper, si je puis ainsi m'exprimer. Judith était assise toute seule sur un banc, et je crois bien que, de toute ma vie, je n'ai vu une expression plus malheureuse sur un visage de femme. Le masque était tombé : son indécision, son désarroi étaient manifestes. Je pris mon courage à deux mains et me dirigeai vers elle.

— Judith, dis-je doucement, pour l'amour du Ciel, ne te fais pas autant de souci.

Elle était tellement absorbée par ses pensées qu'elle ne m'avait pas entendu approcher. Surprise, elle leva rapidement la tête.

— Oh, papa! Tu... disais?

— Ma chère enfant, ne crois pas que je ne puisse comprendre. Mais, je t'assure, il n'en vaut pas la peine.

Elle me fixa un instant avec un air troublé, alarmé, avant de demander d'un ton calme :

— Sais-tu vraiment de quoi tu parles?

— Oui, je le sais. Tu aimes cet homme; mais, mon petit, ce n'est pas raisonnable.

Elle esquissa un sourire qui me fendit le cœur.

— Judith, c'est impossible, continuai-je. Que peut-il sortir d'une telle situation? C'est un homme marié. Il ne peut y avoir là aucun avenir pour toi. Rien que du chagrin et de la honte.

Son sourire s'accentua, tout en restant aussi triste.

— Comme tu parles bien, n'est-ce pas?

— Laisse tomber tout ça, Judith.

— Non!

— Je te répète qu'il n'en vaut pas la peine.

— Pour moi, déclara-t-elle d'une voix lente et calme, il est tout au monde.

— Judith, je t'en supplie...

Le sourire disparut de ses lèvres.

— Comment oses-tu te mêler de mes affaires? s'écria-t-elle en se dressant comme une furie vengeresse. Ne me reparle jamais de cette question. Je te déteste... je te déteste. Ça ne te regarde pas. Il s'agit de ma vie à moi!

Elle me repoussa du bras et s'enfuit. Je la regardai s'éloigner. J'étais littéralement consterné.

J'étais encore là, abasourdi et incapable de réfléchir lorsque, un quart d'heure plus tard, apparurent Miss Cole et Norton.

Ils se montrèrent, je m'en rendis compte plus tard, extrêmement aimables. Bien entendu, ils s'étaient aussitôt rendu compte que j'étais bouleversé, mais ils eurent le tact de ne faire aucune allusion à mon état d'âme et me proposèrent de les accompagner dans leur promenade. C'étaient tous les deux des amoureux de la nature, et Elizabeth Cole s'attacha à me signaler les fleurs sauvages que nous rencontrions, tandis que Norton me faisait observer les oiseaux à travers ses jumelles. Peu à peu, je retrouvai mon calme; du moins en apparence, car j'étais encore, au fond de moi-même, profondément troublé. De plus, comme il arrive fréquemment, j'étais convaincu que tout ce qui se passait était en rapport avec mon état d'âme présent.

A un moment donné, Norton, qui avait les jumelles aux yeux, s'écria :

— Bon sang! Si ce n'est pas un pic épeiche, je veux bien... Ah! Par exemple!...

Mais il s'interrompit brusquement, et je fus aussitôt pris de soupçons. Je tendis la main vers les jumelles.

— Laissez-moi voir! dis-je d'un ton impatient.

Norton tripotait nerveusement les junelles.

— Je... je crois que... je me suis trompé, dit-il d'une voix hésitante et sur un ton qui me parut étrange. Il s'est envolé. Et, en fait, c'était un oiseau fort ordinaire.

Il avait pâli et évitait notre regard. Il paraissait soudain désorienté. Et j'avais la certitude qu'il était résolu à ne pas me laisser regarder à travers ses jumelles, qui étaient braquées sur un petit bois situé à une certaine distance. Qu'avait-il bien pu apercevoir?

— Laissez-moi voir! répétai-je.

Je saisis les jumelles et les lui arrachai des mains, bien qu'il essayât maladroitement de les retenir.

— En réalité, bredouilla-t-il, ce n'était pas... L'oiseau est parti. J'aurais voulu...

La main un peu tremblante, je réglai les jumelles. Elles étaient très puissantes. Je les braquai sur l'endroit que Norton semblait avoir observé, mais je ne vis rien, excepté quelque chose de blanc — une robe de femme, peut-être? — qui disparaissait dans les arbres.

Je baissai les jumelles et les rendis sans un mot à leur propriétaire. Il me sembla qu'il évitait encore mon regard. En tout cas, il avait l'air perplexe et passablement ennuyé.

Nous reprîmes en silence le chemin de la maison.

3

Mrs. Franklin et Boyd Carrington rentrèrent peu après nous. Après avoir visité le domaine de Knatton, ils s'étaient rendus à Tadminster, où la jeune femme voulait faire quelques achats. Et je dois dire qu'elle avait bien fait les choses, car elle se mit à extraire de la voiture une quantité invraisemblable de paquets.

Elle avait l'air très gaie, parlait et riait sans arrêt, les joues colorées d'excitation. Elle confia à Boyd Carrington une de ses acquisitions particulièrement fragile, et je me chargeai galamment, moi aussi, d'un certain nombre de paquets.

— Il fait horriblement chaud, fit-elle remarquer. Je crois qu'il va faire orage. Vous savez, on prétend que l'on risque de manquer d'eau. Ce serait affreux. On n'avait pas vu, paraît-il, une semblable sécheresse depuis des années.

Elle parlait plus vite que d'habitude et semblait plus nerveuse.

— Qu'avez-vous fait, cet après-midi? demanda-t-elle en s'adressant à Elizabeth Cole. Où est John? Il a dit qu'il avait mal à la tête et comptait aller faire une promenade. Ça lui ressemble assez peu d'avoir mal à la tête. Je crois qu'il se fait du souci pour ses expériences : elles ne progressent pas comme il le voudrait. J'aimerais bien entendre parler davantage de ses travaux.

Puis, se tournant vers Norton :

— Vous êtes bien silencieux. Quelque chose qui ne va pas? Vous avez l'air... effaré. Auriez-vous rencontré, par hasard, le fantôme de Mrs... Je-ne-sais-plus-qui?

Norton tressaillit.

— Non, non. Je n'ai pas vu de fantôme, rassurez-vous. Je pensais seulement à quelque chose.

Au même moment, Curtiss apparut sur le seuil, poussant Poirot dans sa chaise d'invalide. Il s'arrêta dans le hall, prêt à transporter son maître au premier étage. Mais le détective, soudain sur le qui-vive, nous dévisagea tous l'un après l'autre.

— Qu'y a-t-il donc? demanda-t-il d'un ton bref. Il se passe quelque chose?

Il y eut un moment de silence, puis Mrs. Franklin lui répondit avec un petit rire forcé :

— Pas du tout, M. Poirot. Pourquoi voudriez-vous? Ce n'est que... C'est peut-être l'orage qui approche... Mon Dieu, je me sens horriblement fatiguée. Capitaine Hastings, voudriez-vous me monter ces paquets? Vous serez gentil. Merci beaucoup.

Je la suivis dans l'escalier. Sa chambre se trouvait à l'extrémité de l'aile ouest. Elle ouvrit la porte et s'arrêta brusquement sur le seuil. Je m'immobilisai derrière elle, les bras chargés de paquets.

Près de la fenêtre, Miss Craven examinait la paume de la main de Boyd Carrington. Celui-ci leva la tête et émit un petit rire embarrassé.

— Miss Craven était en train de... de me dire la bonne aventure, bredouilla-t-il. C'est une chiromancienne remarquable.

— Vraiment! dit Barbara Franklin d'un ton sec. Je n'en avais pas idée.

Il me sembla qu'elle était un peu contrariée par l'attitude de l'infirmière. Elle la considéra un instant en silence avant de continuer.

— Voulez-vous débarrasser le capitaine Hastings de ces paquets, je vous prie? Ensuite, vous pourriez me préparer un lait de poule. Je suis harassée. Et aussi une bouillotte. Je me coucherai dès que possible.

— Certainement, madame.

L'infirmière s'avança pour prendre les paquets. Son visage impassible ne trahissait pas le moindre trouble.

— Bill, va-t'en, je t'en prie, reprit Mrs. Franklin. Je suis fatiguée.

Boyd Carrington avait l'air soucieux.

— Est-ce que cette balade a été trop dure pour

toi, Babs? Excuse-moi. Quel imbécile je fais! J'aurais dû veiller à ce que tu ne te fatigues pas trop.

Mrs. Franklin lui adressa son angélique sourire de martyre.

— Je ne voulais rien dire. Tu sais que je déteste me montrer assommante.

Je souhaitai le bonsoir à la jeune femme et quittai la chambre en compagnie de Boyd Carrington.

— Quel idiot je suis! me dit ce dernier d'un air contrit dès que nous nous retrouvâmes dans le couloir. Barbara était si vivante, si gaie que j'ai presque oublié son état de santé. J'espère que demain elle sera tout à fait d'aplomb.

— Après une nuit de repos, il n'y paraîtra plus, répondis-je machinalement.

Il se dirigea vers l'escalier. Après une seconde d'hésitation, je m'engageai dans le long couloir conduisant à l'autre aile. Pour la première fois, j'allais vers Poirot presque à contrecœur. J'avais tant de choses en tête, et j'éprouvais encore aux creux de l'estomac cette sorte de malaise qui m'avait pris lors de ma conversation avec Judith.

En passant devant la chambre d'Allerton, je perçus un bruit de voix. Je ne crois pas avoir eu l'intention délibérée d'écouter; et pourtant, je m'arrêtai un instant. Soudain, la porte s'ouvrit, et Judith apparut. Elle se figea en me voyant. Je la pris par le bras, l'entraînai sans un mot et la fis entrer dans ma chambre. Je me sentais soudain assailli d'une violente colère.

— Que signifie cette façon de te rendre dans la chambre de cet homme?

Elle me dévisagea d'un air glacial, sans irritation apparente, et garda le silence. Je la secouai par le bras.

— Je ne veux pas de ça, tu m'entends? Ma parole, tu ne te rends pas compte de ce que tu fais! C'est de l'inconscience pure et simple.

— Il me semble, répondit-elle enfin d'une voix mordante, que tu as l'esprit mal tourné.

— C'est évidemment un reproche que ta génération aime faire à la mienne. Du moins avons-nous plus de retenue et respectons-nous certaines règles élémentaires. Comprends-moi bien, Judith, je t'interdis formellement de fréquenter cet individu.

— A la bonne heure. Maintenant je suis fixée.

— Nies-tu être amoureuse de lui?

— Je ne nie rien.

— Tu ne sais pas qui il est. Il n'est pas possible que tu le saches!

Posément mais sans mâcher mes mots, je lui répétai l'histoire que j'avais apprise sur Allerton.

— Tu vois, terminai-je, le genre de brute immonde qu'est cet homme.

— Je ne l'ai jamais pris pour un saint, je puis te l'assurer.

— Et ce que je viens de te dire ne te fait pas réfléchir? Judith, il n'est pas possible que tu sois à ce point dépravée.

— Appelle ça comme tu voudras, je m'en moque.

— Judith, tu n'as pas... Tu n'es pas sa...

Je me sentis soudain incapable d'exprimer ma pensée. Je tenais toujours Judith par le bras; elle se dégagea d'un mouvement brusque.

— Ecoute, papa, je fais ce qui me plaît. Inutile de tempêter pour essayer de m'intimider. Je ferai de ma vie exactement ce que je voudrai, et tu ne m'en empêcheras pas.

L'instant d'après, elle était sortie de la chambre. Je sentis mes genoux trembler sous moi et me laissai tomber sur une chaise. C'était encore pire que je ne l'avais imaginé. Cette gamine était complètement ensorcelée. Et je n'avais personne vers qui me tourner : sa mère, le seul être au monde qui aurait pu avoir de l'influence sur elle, était morte.

Je ne crois pas que j'aie jamais autant souffert qu'à ce moment-là.

4

Au bout d'un moment, je sortis de ma torpeur. Je me lavai, me rasai, changeai de vêtements et descendis dîner. Je dus me comporter à peu près normalement, car personne ne parut remarquer mon trouble. Une ou deux fois, je vis Judith me lancer un coup d'œil étrange. Elle était sûrement surprise de voir que j'étais capable de dissimuler aussi bien mes sentiments. Cependant, au plus profond de moi-même, je bouillais de colère; et j'étais décidé à agir. Il ne me fallait que du courage et de l'astuce.

Après le dîner, nous sortîmes dans le jardin; et, tandis que l'on parlait du temps, de l'orage qui menaçait, je vis du coin de l'œil Judith qui disparaissait à l'angle de la maison. Une minute plus tard, Allerton prit nonchalamment le même chemin.

Je finis ce que j'étais en train de dire à Boyd Carrington et m'éloignai à mon tour. Norton me saisit le bras et essaya de m'arrêter, suggérant que nous allions faire un tour du côté de la roseraie. Mais je n'en tins aucun compte. Cependant, il était encore à mes côtés lorsque j'atteignis l'angle de la maison.

Ils étaient là. Je vis Judith lever son visage, et

l'homme se pencher vers elle. Il l'attira à lui et l'embrassa. Mais ils se séparèrent brusquement.

Je fis un pas en avant. Norton me saisit à nouveau le bras et me tira en arrière.

— Allons, me dit-il, vous ne pouvez pas...

Je l'interrompis sèchement.

— Ah! Vous croyez ça?

— Ça ne sert à rien, mon vieux. C'est sans doute affligeant, mais vous ne pouvez absolument pas intervenir.

Je ne répondis pas. Sans doute exprimait-il sa pensée profonde, mais je ne pouvais pas me ranger à cet avis.

— Je sais, continua-t-il, combien on peut se sentir irrité, exaspéré, dans de telles circonstances; mais la seule chose à faire, c'est d'accepter sa défaite.

Je me gardai de le contredire et jetai encore un coup d'œil au-delà de la maison. Allerton et Judith avaient maintenant disparu, mais j'avais une idée assez nette de l'endroit où ils pouvaient être : près de la serre cachée non loin de là dans un bosquet de lilas.

Je m'en approchai sans bruit. Je crois bien que Norton était toujours derrière moi, mais je ne saurais l'affirmer. J'entendis bientôt la voix d'Allerton.

— Eh bien, ma chère petite, c'est donc entendu comme ça. Plus d'objections. Vous irez à Londres demain; de mon côté, je dirai que je me rends à Ipswich chez un ami pour un ou deux jours. Vous téléphonerez le soir qu'il vous est impossible de rentrer, et qui pourra être au courant de ce charmant petit dîner dans mon appartement? Je vous promets que vous ne regretterez rien.

Une fois de plus, je sentis que Norton me tirait par la manche. Sans protester, je fis demi-tour et le laissai me traîner jusqu'à la maison, feignant de céder et de me résigner. Mais je savais déjà ce que j'allais faire.

— Ne vous inquiétez pas, dis-je. Vous avez raison : on ne peut pas régenter la vie de ses enfants.

Je constatai qu'il avait l'air soulagé. Je lui dis que j'avais mal à la tête et que j'allais me coucher. Il ne pouvait ainsi éprouver le plus léger soupçon.

5

Je m'arrêtai un instant dans le couloir. Tout était calme. Personne dans les environs. Norton, qui avait aussi sa chambre de ce côté-là, était resté au rez-de-chaussée. Elizabeth Cole jouait au bridge. Curtiss était en train de dîner. J'avais donc le champ libre.

Je me flatte de n'avoir pas travaillé en vain aux côtés d'Hercule Poirot pendant tant d'années. Je connaissais exactement les précautions à prendre.

Allerton ne rencontrerait pas Judith à Londres le lendemain. Il ne la rencontrerait nulle part. L'affaire était ridiculement simple.

J'entrai dans ma chambre pour y prendre mon tube d'aspirine, puis je me glissai dans celle d'Allerton et allai tout droit à l'armoire de la salle de bain. Les comprimés de somnifère étaient à leur place habituelle. Je me dis que huit feraient parfaitement l'affaire. Un ou deux constituaient la dose normale; huit devaient donc suffire amplement. Allerton lui-même m'avait expliqué que la dose toxique n'était pas très élevée. Je jetai un coup d'œil à l'étiquette.

Elle portait l'inscription : « Il est dangereux de dépasser la dose prescrite. »

Je souris en moi-même. La main enveloppée dans mon mouchoir, afin de ne pas laisser d'empreintes, je dévissai le bouchon.

Les comprimés avaient exactement la même dimension que les miens. J'en prélevai huit, que je remplaçai par de l'aspirine. Le flacon était maintenant tel que je l'avais trouvé. Allerton ne s'apercevrait pas de la substitution.

Je regagnai ma chambre. J'avais une bouteille de whisky, que je tirai de mon placard en même temps que deux verres et un siphon. Je n'avais encore jamais vu Allerton refuser une invitation à boire. Quand il monterait, je lui proposerais de prendre un dernier verre.

J'essayai de dissoudre les comprimés dans un peu d'alcool : ça marchait très bien. Je goûtai la mixture avec précaution. C'était peut-être légèrement plus amer que le whisky pur, mais cela se sentait à peine. Au moment où j'entendrais Allerton, je feindrais de remplir le verre, je le lui tendrais et m'en verserais un autre. C'était facile et parfaitement naturel.

Il ne pouvait se douter des sentiments que j'éprouvais envers lui, à moins que Judith ne lui en eût parlé. Je réfléchis un instant à la question, mais j'en vins à la conclusion que je ne risquais rien. Judith ne lui avait sûrement rien dit. Et il ne pouvait évidemment savoir que j'étais au courant de ses projets pour le lendemain.

Je n'avais qu'à attendre. Il me faudrait sans doute une certaine patience, car Allerton ne se couchait jamais tôt. Je m'installai donc confortablement dans mon fauteuil.

Je sursautai en entendant frapper à la porte.

C'était Curtiss qui venait me dire que Poirot me réclamait.

Je revins à moi. Poirot! Je n'avais pas pensé à lui de toute la soirée. Il avait dû se demander ce que je devenais. Cela m'ennuyait un peu. Tout d'abord parce que j'avais un peu honte de n'être pas allé le voir, ensuite parce que je ne tenais pas à éveiller ses soupçons. Néanmoins, je suivis Curtiss.

— Eh bien, s'écria Poirot dès qu'il me vit apparaître. Il me semble que vous m'abandonnez.

J'étouffai un bâillement et souris d'un air contrit.

— Absolument désolé, répondis-je, mais j'ai une telle migraine que je puis à peine tenir les yeux ouverts.

Ainsi que je m'y attendais, Poirot se montra aussitôt plein de sollicitude. Il me proposa des médicaments, fit un tas d'histoires et m'accusa d'être resté dans un courant d'air. Le jour le plus chaud de tout l'été! Je refusai l'aspirine qu'il m'offrait en lui disant que j'en avais déjà pris, mais je ne pus échapper à une tasse de chocolat chaud et affreusement sucré.

— Ça nourrit les nerfs, comprenez-vous? m'expliqua-t-il.

J'avalai le breuvage sans discuter, puis je pris congé.

Je regagnai ma chambre et fermai la porte ostensiblement. Mais, tout de suite après, je l'entrebâillai avec précaution. Je ne voulais pas risquer de rater Allerton quand il monterait. Mais il me faudrait certainement attendre encore un bon moment.

Je repris ma place dans mon fauteuil, et je me mis à songer à ma femme. A un certain moment, je me surpris à murmurer :

— Tu comprends, chérie, il faut que je la sauve.

Elle avait laissé Judith à mes soins, et je n'avais pas le droit de faillir à ma tâche. Dans le calme et le silence de la nuit, il me semblait que la femme que j'avais tant aimée était là, tout près de moi.

Et je continuai à attendre...

CHAPITRE XIII

1

Tandis que j'attendais Allerton, je m'endormis; ce qui n'était d'ailleurs pas tellement surprenant, car ma nuit précédente n'avait pas été très bonne. De plus, j'étais resté au grand air toute la journée et j'étais épuisé par le souci et la tension nerveuse. L'atmosphère lourde et orageuse y était peut-être aussi pour quelque chose.

Quoi qu'il en soit, je m'étais bel et bien endormi dans mon fauteuil. Lorsque je me réveillai, les oiseaux gazouillaient dans les arbres, et le soleil était déjà haut dans le ciel. J'étais tout courbatu, j'avais la bouche pâteuse et une affreuse migraine.

Abasourdi, incrédule, dégoûté, j'éprouvais malgré tout un immense soulagement.

Qui donc a écrit : « Le jour le plus sombre dure jusqu'à ce que le lendemain le chasse » ? Et c'est bien vrai. A présent, je voyais clairement à quel point mon jugement avait été faussé. J'avais perdu tout sens des proportions. J'avais eu l'intention de tuer un être humain.

Mes yeux tombèrent sur le verre de whisky posé

devant moi. Avec un frisson, je me levai et, ayant écarté les rideaux, je versai le liquide par la fenêtre. Je devais être complètement fou, la veille au soir.

Je me rasai, pris un bain et m'habillai. Maintenant, je me sentais mieux. Je me rendis chez Poirot qui, je le savais, s'éveillait toujours très tôt.

Je pris place en face de lui et racontai toute l'histoire. Je dois avouer que ce me fut un soulagement.

— Ah! dit-il en hochant doucement la tête, quelles sottises vous êtes capable de projeter! Je me réjouis que vous soyez venu me confier cela. Mais pourquoi ne m'avez-vous pas dit, hier soir, ce que vous aviez en tête?

— Je m'imaginais sans doute que vous tenteriez de me dissuader.

— C'est assurément ce que j'aurais fait. Croyez-vous que je veuille vous voir finir vos jours en prison à cause d'une méprisable canaille comme le major Allerton?

— On ne m'aurait pas attrapé : j'avais pris toutes mes précautions.

— C'est ce que croient avoir fait tous les criminels. Mais laissez-moi vous dire, mon ami, que vous n'avez pas été aussi habile que vous le pensez.

— J'ai effacé mes empreintes sur le flacon de somnifères...

— Exactement. Mais, ce faisant, vous avez aussi effacé celles d'Allerton. Et que se serait-il passé si on l'avait trouvé mort? On aurait procédé à une autopsie et constaté que son décès était dû à l'absorption d'une dose massive de barbituriques. On aurait également constaté que ses empreintes ne se trouvaient pas sur le flacon. Pourquoi? Il n'aurait eu, lui, aucune raison de les effacer. On aurait alors analysé les comprimés restants et vu que près de la moitié avaient été remplacés par de l'aspirine.

— Presque tout le monde est en possession de comprimés d'aspirine, murmurai-je.

— C'est vrai. Mais on ne les conserve pas dans le même flacon qu'une drogue dangereuse. D'autre part, tout le monde n'a pas une fille qu'Allerton poursuit de ses assuidités, pour employer une expression mélodramatique et démodée. Or, vous vous étiez querellé avec Judith sur ce sujet la veille même. Deux personnes Boyd Carrington et Norton — peuvent attester des sentiments hostiles que vous nourrissez envers Allerton. Non, Hastings, l'affaire se serait mal présentée, et l'attention des enquêteurs se serait immédiatement portée sur vous. A ce moment-là, vous auriez probablement été paralysé par la peur et le remords; n'importe quel policier aurait alors conclu à votre culpabilité. Il est, d'autre part, parfaitement possible que quelqu'un vous ait vu trafiquer le tube de comprimés.

— Impossible. Il n'y avait personne dans les parages.

Je vous rappelle que la fenêtre possède un balcon, et quelqu'un aurait pu s'y trouver. On a également pu regarder par le trou de la serrure.

— Vous êtes obsédé par les trous de serrure, Poirot. Les gens ne passent pas à ce petit jeu autant de temps que vous semblez le croire.

Poirot ferma les yeux et me déclara que j'avais toujours possédé une nature trop confiante.

— Et laissez-moi vous dire, ajouta-t-il, qu'il se passe dans cette maison des choses étranges en ce qui concerne les clefs. Moi, j'aime à savoir que ma porte est fermée à clef, même si Curtiss se trouve dans la chambre voisine. Or, peu après mon arrivée ici, ma clef a disparu, et j'ai dû en faire faire une autre.

— De toute manière, répondis-je avec un soupir de soulagement, il ne s'est rien passé. Il est terrible de penser que l'on peut ainsi se monter la tête.

Je baissai un peu la voix.

— Poirot, ne croyez-vous pas que l'atmosphère de Styles ait pu être... infectée, en quelque sorte, par le meurtre commis ici autrefois?

— Un virus de meurtre? Ma foi, c'est une hypothèse intéressante.

— Les maisons possèdent vraiment une atmosphère, dis-je d'un air pensif. Et celle-ci a une histoire sinistre.

Poirot approuva d'un signe.

— Oui. Il y a eu ici des gens qui désiraient la mort d'autres personnes, c'est vrai.

— Je crois vraiment que cela peut avoir de l'influence. Et maintnant, dites-moi ce que je dois faire à propos de... Judith et d'Allerton. Il faut arrêter ça coûte que coûte.

— Ne faites rien, répondit mon ami d'un ton emphatique.

— Mais...

— Croyez-moi, vous ferez moins de mal en n'intervenant pas.

— Si j'abordais la question avec Allerton...

— Que pourriez-vous dire ou faire? Judith n'est plus une enfant : elle est majeure et libre de ses actes.

— Cependant, je devrais pouvoir...

— Non, Hastings. Ne vous imaginez pas que vous êtes assez intelligent, assez énergique ou assez rusé pour leur imposer votre personnalité à tous les deux. Allerton a déjà eu affaire à des pères irrités, et

153

cela doit même lui procurer autant de plaisir qu'une bonne plaisanterie. D'autre part, Judith n'est pas le genre de fille à se laisser facilement intimider. Si je devais vous donner un conseil, je vous dirais : « A votre place, je lui ferais confiance. »

Je le regardai avec étonnement.

— Judith, continua-t-il, est une fille bien, et je l'admire beaucoup.

— Je l'admire aussi, répondis-je d'une voix mal assurée. Mais elle me fait peur.

Poirot m'approuva d'un signe de tête.

— Elle me fait peur, à moi aussi. Mais pas de la même façon. Oui, j'ai terriblement peur. Et je suis impuissant... ou presque. Les jours passent, et le danger se rapproche, Hastings.

2

Je savais aussi bien que lui que le danger était proche. J'avais encore plus de raisons que lui de m'en rendre compte, étant donné la conversation que j'avais surprise la veille au soir. Néanmoins, tandis que je descendais l'escalier pour aller prendre mon petit déjeuner, je réfléchissais encore à cette remarque de Poirot : « A votre place, je lui ferais confiance. »

Toute inattendue qu'elle fût, cette petite phrase m'avait procuré un curieux sentiment de réconfort. Et, presque aussitôt, j'en éprouvai toute la vérité et toute la sagesse. Car Judith avait, de toute évidence, abandonné le projet de se rendre à Londres aujourd'hui. Dès après le petit déjeuner, elle s'en alla comme d'habitude au laboratoire en compagnie de Franklin, et leur attitude à tous les deux laissait supposer qu'ils s'attendaient à une dure journée de travail.

Je me sentis submergé par un immense soulagement. Comment avais-je pu être aussi insensé? J'avais tout de suite tenu pour acquis que Judith avait accepté les propositions d'Allerton. Pourtant, je me rendais compte à présent que je n'avais nullement entendu son acceptation. Non, elle était trop honnêtes, trop loyale pour céder ainsi; et elle avait évidemment refusé le rendez-vous.

J'appris qu'Allerton avait déjeuné de très bonne heure et qu'il était ensuite parti pour Ipswich. Il s'en était donc tenu à son plan et devait supposer que Judith le rejoindrait à Londres, ainsi qu'il le lui avait proposé. Il courait, me dis-je, à une belle déception.

Boyd Carrington, qui arrivait au même moment, observa d'un air plutôt renfrogné, que j'avais l'air bien joyeux.

— Oui, répondis-je. J'ai eu de bonnes nouvelles.

Il me répliqua qu'il ne pouvait en dire autant. Il avait reçu un coup de téléphone fort ennuyeux de son architecte, ainsi que des lettres qui le tracassaient. De plus, il craignait d'avoir fatigué exagérément Mrs. Franklin au cours de leur randonnée de la veille.

Mrs. Franklin, de son côté, compensait son entrain et sa gaieté de la veille en se rendant absolument impossible. C'est du moins ce que m'annonça Miss Craven. L'infirmière avait même dû renoncer à sa journée de repos, qu'elle devait aller passer chez des amis, et elle était, de ce fait, d'une humeur massacrante. Depuis l'aube, Mrs. Franklin réclamait des sels, des bouillottes, des boissons, et elle ne voulait pas que Miss Craven s'éloignât un seul instant. Elle se plaignait de névralgies, d'une douleur au niveau du cœur, de crampes dans les jambes, de frissons et d'un tas d'autres choses.

Je dois préciser tout de suite que personne n'en fut véritablement alarmé. Nous mîmes tout cela au compte des tendances hypocondriaques de la jeune femme. Miss Craven et le docteur Franklin étaient d'ailleurs du même avis. On alla chercher ce dernier au laboratoire. Il écouta les lamentations de sa femme, puis lui demanda si elle désirait que l'on fît appeler le médecin local. Barbara refusa énergiquement. Son mari lui prépara alors un sédatif, l'apaisa aussi bien qu'il le put et retourna à ses occupations.

— Evidemment, il sait qu'elle joue la comédie, me dit Miss Craven.

— Vous ne croyez vraiment pas qu'il puisse y avoir autre chose?

— Sa température est normale, son pouls régulier... Des chichis, si vous voulez mon avis.

L'infirmière était visiblement énervée, et elle montrait dans ses propos moins de prudence qu'à l'ordinaire.

— Elle adore empêcher les gens de se distraire. Elle voudrait que son mari s'inquiète, s'alarme, et que, moi, je tourne sans cesse autour d'elle. Il faudait également persuader Sir William qu'il n'est qu'une brute, parce que la promenade d'hier a trop fatigué Sa Seigneurie! Elle est comme ça.

Il était clair que Miss Craven trouvait aujourd'hui sa malade absolument odieuse. Je supposai que Mrs. Franklin s'était montrée particulièrement dure envers elle. C'était le genre de femme que les infirmières et les domestiques ne peuvent souffrir.

Donc, ainsi que je l'ai déjà mentionné, nous ne

prîmes pas son indisposition très au sérieux, à l'exception de Boyd Carrington qui errait sans but avec l'air malheureux d'un petit garçon que l'on vient de réprimander.

Combien de fois, depuis lors, n'ai-je pas ressassé les événements de cette journée, essayant de me rappeler un détail qui m'aurait échappé, un incident minime que j'aurais oublié, m'efforçant de me remémorer l'attitude de chacun.

Je voudrais essayer, une fois de plus, de noter ce qui me revient à l'esprit.

Boyd Carrington paraissait mal à l'aise, un peu comme s'il se sentait coupable. Il pensait sans doute qu'il avait fait preuve, la veille, d'un peu trop d'entrain, sans songer à la santé délicate de sa compagne. Au cours de cette matinée, il monta deux fois prendre des nouvelles de Barbara; mais Miss Craven, qui n'était pas elle-même de très bonne humeur, le reçut un peu sèchement. Il alla ensuite jusqu'au village acheter une boîte de chocolats, qu'il fit monter à la jeune femme. Mais l'infirmière la fit redescendre aussitôt en déclarant que Mrs. Franklin détestait les chocolats.

D'un air navré, il ouvrit la boîte dans le fumoir où nous nous trouvions en compagnie de Norton, et nous nous servîmes généreusement.

Norton — j'en ai maintenant l'impression très nette — avait, ce matin-là, quelque chose qui le tracassait. Il était plus distrait que de coutume et, à plusieurs reprises, fronça les sourcils d'un air perplexe. Il adorait les chocolats et en engloutit un bon nombre, le regard perdu dans le vague.

Le temps s'était gâté et, depuis dix heures, la pluie tombait à verse.

Vers midi, Curtiss avait installé Poirot dans le

salon, où Elizabeth Cole était allée le rejoindre et lui jouait du piano. Elle avait un toucher délicat, et elle s'était attaquée à Bach et à Mozart, les deux compositeurs préférés de mon vieil ami.

Franklin et Judith revinrent du laboratoire vers une heure moins vingt. Ma fille était pâle et avait les traits tirés. Elle jeta un regard vague autour d'elle, comme si elle était perdue dans un rêve lointain, puis elle s'en alla sans avoir desserré les lèvres. Franklin s'assit avec nous. Lui aussi paraissait fatigué et soucieux. Je me rappelle avoir prononcé quelques paroles à propos de la pluie, qui nous apportait, après la canicule, un peu de fraîcheur, et il répondit vivement :

— Oui. Il y a des fois... quand quelque chose est en train de changer...

Je ne sais pourquoi j'eus l'impression qu'il ne parlait pas seulement du temps. Toujours aussi gauche dans ses mouvements, il heurta la table et renversa la moitié des chocolats.

— Oh, pardon! bredouilla-t-il d'un air étonné en s'adressant apparemment à la boîte de bonbons.

Ç'aurait pu être drôle, et je me demande pourquoi ça ne l'était pas. Il se baissa et se mit à ramasser les chocolats éparpillés. Norton lui demanda s'il avait eu une matinée fatigante, et il se releva avec un sourire soudain.

— Euh... non, non. Je viens de me rendre compte tout à coup que je m'étais trompé. Il nous faut trouver un procédé beaucoup plus rapide et plus simple. Ensuite, nous pourrons aller droit au but...

Il se balançait légèrement d'un pied sur l'autre, le regard un peu vague.

— Oui, reprit-il d'un air rêveur, c'est le meilleur moyen.

Bien que nous fussions désœuvrés et nerveux au cours de la matinée, l'après-midi fut, contre toute attente, fort agréable. Le soleil était ressorti, mais la température était tout de même restée un peu fraîche. Mrs. Luttrell était descendue, et on l'avait installée sous la véranda. Elle était d'ailleurs en excellente forme, et elle déployait son charme avec moins d'exubérance que de coutume et sans la moindre acrimonie. Elle taquina même son mari, mais avec gentillesse et affection. Lui-même était rayonnant.

Poirot, qui avait accepté de sortir, était lui aussi de très bonne humeur. Je me dis qu'il devait se réjouir de l'attitude du colonel et de sa femme. Luttrell paraissait rajeuni de plusieurs années, il tiraillait moins sa moustache et paraissait moins indécis. Il alla même jusqu'à proposer un bridge pour la soirée.

— Ça manque à Daisy, expliqua-t-il.

— C'est vrai, avoua Mrs. Luttrell.

Norton objecta que cela risquait de la fatiguer.

— Je ne ferai qu'un seul robre, précisa-t-elle.

Et elle ajouta avec un clin d'œil malicieux :

— Je jouerai correctement et ne m'en prendrai pas à ce pauvre George.

— Je sais bien que je ne suis qu'un piètre joueur, reconnut son mari.

— Qu'est-ce que ça peut faire, si ça m'amuse de te taquiner un peu ?

Sa répartie fit rire tout le monde.

— Oh! je connais mes défauts, continua-t-elle.

Mais je suis maintenant trop vieille pour m'en corriger. Il faut donc que George me supporte telle que je suis.

Le colonel la considéra d'un air un peu niais. Je crois que ce fut le fait de les voir en si bons termes qui amena la conversation sur le mariage et le divorce. Les hommes et les femmes étaient-ils véritablement plus heureux en raison des facilités plus grandes qu'ils avaient maintenant de divorcer? Ou bien arrivait-il souvent qu'une période de dissension ou de brouille cédât la place, au bout d'un certain temps, à un renouveau d'affection?

Il est étrange de constater combien les opinions des gens sont parfois en contradiction avec leurs propres expériences. Mon mariage avait été incroyablement heureux — une réussite totale —, et j'appartiens essentiellement à la vieille école. Malgré cela, je me rangeai du côté des partisans du divorce. Faire la part du feu et repartir du pied gauche, telle était ma façon de voir. Par contre, Boyd Carrington, qui avait connu un échec cuisant, était pour l'indissolubilité des liens du mariage, affirmant que cette institution était le fondement même de la société et qu'il éprouvait à son égard le plus grand respect.

Norton, qui n'avait jamais été marié et ne possédait donc aucune expérience personnelle, partageait mon opinion. Franklin, avec son esprit moderne et scientifique, était, chose curieuse, résolument opposé au divorce. Il soutenait que si on s'engageait à assumer certaines responsabilités, il fallait tenir ses promesses. Selon lui, un contrat, c'était un contrat. L'ayant librement accepté, on se doit de le respecter. Toute autre attitude ne conduirait la société qu'au désordre et au chaos. Appuyé contre le dossier de son fauteuil, ses longues jambes étendues devant lui, il déclara d'un air absolument convaincu :

— Un homme ayant choisi sa femme, il en est responsable jusqu'a ce que la mort les sépare.

Norton fit entendre un petit rire.

— Une séparation qui est parfois la bienvenue.

— Mon cher, répliqua Boyd Carrington, vous ne pouvez guère parler de la question, étant donné que vous n'avez jamais été marié.

Norton hocha la tête.

— C'est vrai. Et maintenant, il est trop tard.

Boyd Carrington lui décocha un coup d'œil railleur.

— En êtes-vous bien sûr?

Au même moment, Elizabeth Cole nous rejoignit. Fut-ce un effet de mon imagination, ou bien le regard de Boyd Carrington alla-t-il vraiment du visage de Norton à celui de la jeune femme? Une idée nouvelle se mit aussitôt à me trotter par la tête, et j'observai Miss Cole avec plus d'attention. Elle était encore relativement jeune et, d'autre part, fort jolie. En fait, c'était, à mon avis, une personne ravissante et sympathique, susceptible de faire le bonheur d'un homme. Je me rappelai que Norton et elle avaient passé pas mal de temps ensemble, au cours de ces derniers jours. Leurs promenades à la recherche d'oiseaux et de fleurs sauvages leur avaient permis de se lier d'amitié, et je me souvins que Miss Cole m'avait parlé de Norton en termes élogieux.

Ma foi, si les choses étaient ainsi, je m'en réjouissais pour elle. Sa jeunesse triste et morne ne ferait pas obstacle à son bonheur futur, et le drame qui avait brisé sa vie n'aurait pas été absolument vain. Et, comme je continuais à la regarder, il me sembla qu'elle avait l'air plus gaie et plus heureuse que lorsque je l'avais vue pour la première fois, le jour de mon arrivée. Elizabeth Cole et Norton? Oui, pourquoi pas?

Puis, a l'improviste, je me sentis assailli par un vague sentiment de malaise et d'inquiétude. Il n'était pas bon, il n'était pas prudent de faire ici des projets de bonheur. Il y avait, dans l'atmosphère de Styles, quelque chose de malsain qui m'étais encore plus sensible à cette minute. Je me sentais soudain vieilli et fatigué. Effrayé, aussi.

L'instant d'après, pourtant, cette impression s'était évanouie. Et personne, je crois, n'avait remarqué mon trouble. Hormis, sans doute, Boyd Carrington qui, quelques minutes plus tard, s'approcha de moi pour me demander :

— Quelque chose qui ne va pas, Hastings?

— Non, répondis-je d'un ton que je voulais désinvolte. Pourquoi cette question?

— Mon Dieu, vous aviez l'air... je ne sais comment m'expliquer.

— Bah! Peut-être une sorte de... d'appréhension.

— Un pressentiment?

— Si vous voulez. L'impression, en tout cas, qu'il va se passer quelque chose.

— Curieux. J'ai éprouvé ça, moi aussi, à deux ou trois reprises. Mais... que pourrait-il bien se passer?

Il scrutait attentivement mon visage, comme s'il comptait y lire une réponse à sa question. Je me contentai de hocher la tête. Car, à la vérité, mon pressentiment n'était étayé par rien de précis. Il n'était probablement que le résultat de cette vague de dépression et de crainte qui me submergeait de temps à autre.

Judith sortit de la maison à pas lents, la tête haute, les lèvres serrées, l'air grave. Comme elle ressemblait peu à sa mère et à moi! Elle faisait penser à une jeune prêtresse. Norton dut aussi avoir cette idée, car il leva les yeux vers elle et lui dit :

— Vous devez ressembler à votre célèbre homonyme avant qu'elle ne tranche la tête d'Holopherne.

Judith esquissa un sourire et haussa légèrement les sourcils.

— Je suis incapable, en tout cas, de me rappeler la raison de son acte.

— Oh! c'était strictement pour une question de haute moralité et pour le bien de la communauté.

La légère ironie de son ton parut ennuyer ma fille. Elle rougit et passa devant lui sans un mot pour aller s'asseoir auprès du docteur.

— Mrs. Franklin se sent beaucoup mieux, annonça-t-elle, et elle aimerait que nous montions tous chez elle, ce soir, pour prendre le café.

4

Barbara Franklin était, à n'en pas douter, une femme à lubies, me dis-je après le dîner, tandis que nous montions l'escalier pour nous rendre à son invitation. Toute la journée, elle s'était rendue insupportable et, ce soir, elle était toute douceur.

Vêtue d'un élégant déshabillé vert Nil, elle était nonchalamment étendue sur son canapé. Près d'elle, se trouvait une petite bibliothèque tournante sur le dessus de laquelle était disposé un percolateur. De ses doigts habiles, la jeune femme se mit à nous préparer le breuvage promis, aidée de Miss Craven. Nous étions tous présents, à l'exception de Poirot, qui se retirait toujours avant de dîner, d'Allerton qui n'était pas rentré d'Ipswich, et des Luttrell demeurés au rez-de-chaussée.

Un arôme délicieux chatouilla bientôt agréablement nos narines. A Styles, le café était habituellement un affreux liquide insipide, et nous étions naturellement impatient de goûter celui dont allait nous honorer Mrs. Franklin.

Son mari, assis de l'autre côté de la bibliothèque tournante, lui faisait passer les tasses, qu'elle remplissait au fur et à mesure. Boyd Carrington était debout près du canapé, Elisabeth Cole et Norton se tenaient devant la fenêtre, Miss Craven un peu plus loin, à la tête du canapé. Quant à moi, assis dans un fauteuil, je m'étais attaqué aux mots croisés du *Times*, dont je lisais certaines définitions à haute voix.

— « Amour calme... ou risque aux tiers ». Huit lettres.

— Probablement une anagramme, dit Franklin.

Nous réfléchîmes pendant une minute, et je poursuivis.

— « Et l'écho, quoi qu'on lui demande, répond... » C'est une citation de Tennyson.

— « Where » (où), suggéra Mrs. Franklin. C'est sûrement ça. Et l'écho répond : Où?

Je hochai la tête d'un air de doute.

— Ça nous donnerait un mot terminé par un W.

— Eh bien, il y en a des tas : how, now, snow...

Elisabeth Cole, toujours debout près de la fenêtre, prit la parole.

— La citation de Tennyson, c'est : « Et l'écho, quoi qu'on lui demande, répond : La Mort. »

Derrière moi, quelqu'un retint sa respiration. C'était Judith. Elle s'éloigna en direction de la fenêtre et passa sur le balcon.

— « Amour calme » ne peut donc être une anagramme, puisque la deuxième lettre est maintenant le A de « death ».

— Rappelez-nous la définition, voulez-vous?

— « Amour calme ou risque aux tiers ». Un blanc, un A, six autres blancs.

— « Paramour » (amant), dit Boyd Carrington.

Je perçus le bruit de la cuillère dans la tasse de Mrs. Franklin. Je donnai la définition suivante.

— « La jalousie est un monstre à l'œil vert », dit...

— Shakespeare, annonça Boyd Carrington.

— Othello ou Emilia, suggéra Mrs. Franklin.

— Beaucoup trop long. Il n'y a que quatre lettres.

— Iago.

— Je suis certain qu'il s'agit d'Othello.

— Pas du tout. C'est Roméo qui s'adresse à Juliette.

Chacun donna son avis. Soudain, la voix de Judith retentit sur le balcon.

— Regardez! Une étoile filante... Oh! une autre.

— Où donc? demanda Boyd Carrington. Il faut faire un vœu.

Il sortit pour rejoindre Miss Cole, Norton et Judith. Miss Craven suivit, puis Franklin. Je restai assis, la tête penchée sur mes mots croisés. Pour quelle étrange raison aurais-je souhaité voir une étoile filante? Je n'avais aucun vœu à formuler...

Boyd Carrington reparut soudain dans la chambre.

— Viens, Barbara, dit-il.

— Non, répondit vivement Mrs. Franklin, je suis très fatiguée.

— Voyons, Babs, il te faut faire un vœu! reprit-il en riant. Pas de protestations! Je vais te porter.

Il se pencha et la souleva dans ses bras. La jeune femme se mit à rire.

— Bill, lâche-moi! Ne fais pas l'idiot.

— Les petites filles doivent obligatoirement faire un vœu.

Il franchit la porte-fenêtre avec Barbara dans ses bras, puis il reposa doucement la jeune femme sur le balcon.

Je me penchai un peu plus sur mon journal... Je me souvenais... Une claire nuit tropicale... et une étoile filante. J'étais debout près de la porte-fenêtre, moi aussi. Je m'étais retourné, j'avais soulevé ma jeune femme dans mes bras pour lui montrer une étoile filante. Et faire un vœu...

Les lignes des mots croisés se brouillèrent devant mes yeux.

Une silhouette se détacha dans l'encadrement de la porte et pénétra dans la chambre... Judith.

Il ne fallait pas qu'elle vit des larmes dans mes yeux. Je fis pivoter la bibliothèque et fis semblant de chercher un livre. Je me rappelais y avoir aperçu une vieille édition des œuvres de Shakespeare. Je la trouvai sans peine et cherchai Othello.

— Que fais-tu, papa? me demanda Judith.

Je marmonnai quelque chose à propos d'une définition de mots croisés, sans cesser de tourner les pages du livre. Oui, c'était bien Iago qui prononçait ces paroles.

» Prenez garde à la jalousie, monseigneur.
» C'est le monstre à l'œil vert
» Qui se nourrit de sa propre chair. »

Et Judith poursuivit, de sa voix grave et mélodieuse :

> » Ni le pavot, ni la mandragore,
> » Ni tous les narcotiques du monde
> » Ne te rendront jamais ce doux sommeil
> » Dont tu jouissais hier. »

Les autres rentraient, bavardant et riant. Mrs. Franklin revint s'étendre sur le canapé. Son mari reprit sa place de l'autre côté de la bibliothèque, et il se mit à tourner distraitement sa cuillère dans sa tasse de café. Norton et Miss Cole s'excusèrent, car ils avaient promis une partie de bridge aux Luttrell.

Mrs. Franklin but son café, puis demanda ses « gouttes ». Miss Craven s'étant absentée pour quelques instants, ce fut Judith qui alla les lui chercher dans la salle de bain.

Franklin errait maintenant à travers la chambre et finit par trébucher contre un guéridon.

— Fais donc attention, John! s'écria sa femme. Tu es vraiment trop maladroit.

— Excuse-moi, Barbara. Je pensais à quelque chose.

— Tu es aussi pataud qu'un ours, mon chéri, reprit la jeune femme d'un air presque ému.

Il la considéra un instant d'un air absent.

— La nuit est belle, dit-il enfin. J'ai envie d'aller faire une petite promenade.

Il sortit.

— On ne le dirait pas à le voir, mais c'est vraiment un génie, vous savez, nous déclara Barbara dès qu'il eut disparu. J'ai une profonde admiration pour lui. Il a une telle passion pour son travail...

167

— Certes, c'est un garçon intelligent, dit Boyd Carrington d'un air détaché.

Judith quitta brusquement la pièce, se heurtant presque à Miss Craven qui entrait au même moment.

— Et si on faisait une partie de piquet, Babs? reprit Boyd Carrington.

— Excellente idée. Pourriez-vous nous trouver des cartes, Miss Craven?

L'infirmière alla chercher un jeu qu'elle tendit à Mrs. Franklin. Je remerciai cette dernière pour le café, me levai et lui souhaitai bonne nuit. Après quoi, je me retirai.

Sorti de la chambre, j'aperçus Judith et Franklin, debout côte à côte près de la fenêtre du couloir. Le docteur tourna la tête en m'entendant approcher. Puis il fit deux pas, un peu hésitant selon son habitude.

— Voulez-vous venir faire une promenade, Judith? demanda-t-il.

Ma fille secoua la tête.

— Non, merci, pas ce soir.

Et elle ajouta d'un ton que je trouvai un peu brusque :

— Je vais me coucher. Bonne nuit.

Je descendis avec Franklin. Il souriait et sifflotait entre ses dents.

— Vous paraissez bien content, ce soir, remarquai-je.

J'avais parlé d'un ton un peu maussade, car je me sentais déprimé.

— Oui, répondit-il. J'ai réussi quelque chose que je projetais depuis longtemps, et j'en suis fort satisfait.

Je le quittai au bas de l'escalier et me rendis au

salon, où j'observais pendant un moment la partie de bridge qui se déroulait. Norton me lança un clin d'œil à l'insu de Mrs. Luttrell. Tout semblait marcher dans une harmonie inhabituelle.

Allerton n'était toujours pas revenu, et il me semblait que, en son absence, l'atmosphère de la maison était moins oppressante.

Au bout d'un moment, je remontai et allai frapper à la chambre de Poirot. Je le trouvai en conversation avec Judith. Ma fille me sourit.

— Elle vous a pardonné, mon ami, dit Poirot.

Je trouvai la réflexion un peu vexante.

— Vraiment, bredouillai-je, j'ai... peine à croire...

Judith se leva, s'approcha de moi et me jeta les bras autour du cou.

— Pauvre papa! Oncle Hercule n'a pas eu l'intention de s'en prendre à ta dignité. C'est moi qu'il faut pardonner. Alors... pardonne-moi et dis-moi bonne nuit.

— Judith, excuse-moi, dis-je doucement. Je n'avais pas l'intention de...

Je ne comprends pas pourquoi j'avais prononcé ces paroles. Ma fille m'interrompit.

— Je t'en prie, n'en parlons plus. Tout est bien, maintenant.

Avant de se retirer, elle m'adressa un autre sourire, distrait et lointain. Lorsqu'elle fut partie, Poirot leva les yeux vers moi.

— Eh bien, que s'est-il passé, ce soir?

J'esquissai un geste vague.

— Rien de spécial, répondis-je. Et je n'ai pas l'impression qu'il doive arriver quoi que ce soit.

Je me trompais lourdement. Car il se passa, hélas, quelque chose cette nuit-là. Mrs. Franklin fut prise de douleurs violentes. Son mari, après l'avoir examinée, appela deux autres médecins à son chevet, mais en vain. Le lendemain matin, elle était morte.

Ce ne fut que vingt-quatre heures plus tard que nous apprîmes la vérité : Barbara Franklin avait été empoisonnée à la physostigmine.

CHAPITRE XIV

L'enquête eut lieu deux jours plus tard. C'était la seconde à laquelle j'assistais à Styles St. Mary.

On entendit d'abord le témoignage du médecin légiste. Son rapport précisait que le décès de Barbara Franklin était dû à un empoisonnement par la physostigmine — autre nom de l'ésérine. Mais les analyses avaient également décelé d'autres alcaloïdes de la fève de Calabar. Le poison avait dû être absorbé le soir précédant la mort, entre sept heures et minuit.

Le témoin suivant fut le docteur Franklin en personne, dont la déposition claire et précise créa une impression favorable. Après le décès de sa femme, il avait contrôlé soigneusement les solutions qu'il conservait dans son laboratoire et avait fait une constatation troublante : un certain flacon qui aurait dû contenir une solution concentrée d'alcaloïdes de la fève de Calabar, avait été rempli avec de l'eau ordinaire. Il ne pouvait dire avec certitude à quel moment cet échange avait été effectué, car il n'avait pas utilisé cette préparation depuis plusieurs jours.

On souleva ensuite la question de l'accès au laboratoire. Le docteur Franklin précisa que la pièce

171

était toujours fermée et qu'il en conservait habituellement la clef dans sa poche. Seule son assistante, Miss Hastings, en avait un double, et toute personne désirant pénétrer dans le laboratoire devait nécessairement emprunter une de ces deux clefs. Sa femme lui avait demandé la sienne en diverses occasions, alors qu'elle avait oublié dans le laboratoire un objet lui appartenant. Le docteur déclara ensuite qu'il n'avait jamais apporté une solution de physostigmine dans la maison.

En réponse à une autre question du coroner, il précisa que sa femme ne souffrait d'aucune maladie organique. Par contre, elle était sujette, depuis un certain temps déjà, à des sautes d'humeur dues à une dépression nerveuse. Pourtant, depuis quelques jours, elle se montrait plus gaie, et il avait constaté une nette amélioration de son état. Sa femme et lui étaient en bons termes, et aucun désaccord n'était intervenu entre eux depuis longtemps. La veille de sa mort, Mrs. Franklin était même d'excellente humeur.

Il reconnut qu'elle avait parfois parlé de mettre fin à ses jours, mais il n'avait jamais pensé qu'elle pût tenir sérieusement de tels propos. Il ajouta même que, à son avis, elle n'appartenait pas au genre de femmes qui sont portées au suicide. C'était là son opinion en tant que médecin et en tant que mari.

Il fut suivi par Miss Craven, très élégante dans son uniforme et dont les réponses furent aussi nettes et précises que celles du docteur. Elle s'occupait de Mrs. Franklin depuis plus de deux mois. Sa malade souffrait d'une dépression nerveuse assez accentuée, et plusieurs témoins l'avait entendue déclarer à deux ou trois reprises qu'elle souhaitait en finir parce que sa vie était sans objet et qu'elle n'était pour son mari rien d'autre qu'un boulet.

— Comment expliquez-vous ces paroles? demanda le coroner. S'était-il produit entre eux une quelconque altercation?

— Pas le moins du monde. Mais elle savait que l'on avait récemment offert à son mari un poste intéressant à l'étranger et qu'il l'avait refusé afin de ne pas la quitter.

— Et ce fait ajoutait sans doute à son état de dépression?

— Oui. Elle déplorait son mauvais état de santé et se montait facilement la tête.

— Le docteur Franklin était-il au courant de cela?

— Je ne pense pas qu'elle lui en ait souvent parlé.

— Mais elle était sujette à des accès de dépression.

— Oh, certainement.

— Avait-elle jamais déclaré nettement qu'elle voulait se suicider?

— Elle disait généralement : « Je voudrais en finir. » C'était là sa façon de s'exprimer.

— Avait-elle parfois dit par quelle méthode elle envisageait de mettre fin à ses jours?

— Jamais. Elle restait toujours dans le vague.

— S'était-il produit récemment un événement qui aurait pu augmenter son état dépressif?

— Pas à ma connaissance. Mrs. Franklin était même moins abattue, depuis quelque temps.

— Vous êtes donc d'accord avec le docteur Franklin quand il déclare qu'elle était de bonne humeur la veille de sa mort.

Miss Craven hésita un instant.

— A mon avis, elle était un peu... énervée. Elle avait passé une assez mauvaise journée, et elle se

173

plaignait de douleurs et de vertiges. Mais il est exact que, le soir, elle avait l'air beaucoup mieux. Cependant, son entrain manquait de naturel; il paraissait... forcé.

— Avez-vous vu un flacon — ou un autre récipient — ayant pu contenir le poison?

— Non.

— Quels aliments Mrs. Franklin avait-elle absorbés le soir de sa mort?

— Du potage, une côtelette avec de la purée de pomme de terre et des petits pois, enfin de la tarte aux cerises. Et elle avait bu un verre de bourgogne.

— D'où provenait ce vin?

— Il y en avait une bouteille dans sa chambre. Ce qui restait a d'ailleurs été analysé, et je ne pense pas qu'on y ait trouvé la moindre trace de poison.

— Aurait-elle pu verser le poison dans son verre à votre insu?

— Très aisément, car je n'avais pas constamment les yeux fixés sur elle. J'étais occupée à remettre un peu d'ordre dans la pièce. Elle avait son sac à main à sa portée, ainsi qu'un vanity-case. Elle aurait pu verser n'importe quoi dans son vin, dans son café ou dans le lait qu'elle a bu avant de se coucher.

— Avez-vous idée de ce qu'elle aurait pu faire du flacon ayant pu contenir le poison?

Miss Craven réfléchit quelques secondes.

— Ma foi, je suppose qu'elle aurait pu le jeter par la fenêtre ou simplement dans la corbeille à papiers. Elle aurait pu également le laver et le placer dans l'armoire à pharmacie de la salle de bains, où il y a toujours un certain nombre de flacons vides.

— Quand avez-vous vu Mrs. Franklin pour la dernière fois?

— A dix heures et demie. Je l'ai installée pour la nuit, lui ai apporté son lait chaud, et elle m'a demandé un comprimé d'aspirine.

— Comment était-elle à ce moment-là?

L'infirmière réfléchit encore une fois.

— Comme d'habitude, me semble-t-il. Pourtant... non, pas tout à fait. Elle paraissait plus surexcitée.

— Pas déprimée, par conséquent.

— Pas du tout. Mais une personne sur le point de se suicider peut parfaitement se trouver dans un état d'excitation, ou plutôt... d'exaltation.

— Considérez-vous qu'elle appartenait au genre de femmes susceptibles de se donner la mort?

Miss Craven garda le silence pendant un moment, visiblement hésitante.

— Mon Dieu, je ne saurais être affirmative. Pourtant, je crois que oui, car elle manquait un peu d'équilibre.

Sir William Boyd Carrington fut appelé ensuite. Il semblait sincèrement bouleversé, mais son témoignage fut malgré tout très clair. Il avait joué au piquet avec Mrs. Franklin le soir du drame, et il n'avait remarqué en elle aucun signe de dépression. Cependant, quelques jours plus tôt, elle avait parlé de se donner la mort. C'était une femme très généreuse et désintéressée, qui était profondément affectée par le fait qu'elle entravait — du moins à son avis — la carrière de son mari. Car elle lui était toute dévouée et nourrissait pour lui de grandes ambitions. Mais elle avait parfois des moments de profonde dépression.

Judith succéda à Boyd Carrington, mais elle avait très peu de choses à dire. Elle ignorait comment la solution de physostigmine avait pu être soustraite du laboratoire. Le soir de sa mort, Mrs. Franklin paraissait sensiblement dans son état normal, quoique peut-être légèrement surexcitée. Judith déclara ensuite qu'elle n'avait jamais entendu Mrs. Franklin parler de suicide.

Le dernier témoin fut Hercule Poirot. Sa déposition, faite avec beaucoup d'assurance, causa une impression considérable. Il commença par mentionner une conversation qu'il avait eue avec la défunte la veille du drame. Elle était alors fort déprimée et avait exprimé son désir d'en finir. Elle se faisait du souci pour sa santé et lui avait confié qu'elle avait souvent des accès de mélancolie, au cours desquels la vie lui semblait ne pas valoir la peine d'être vécue. Elle avait ajouté que, parfois, elle se disait qu'il serait merveilleux de s'endormir pour ne plus se réveiller.

Mais la réponse de Poirot à la question suivante du coroner causa une sensation plus grande encore.

— Le matin du dix juin, vous étiez assis à proximité de la porte du laboratoire.

— Oui.

— Avez-vous vu Mrs. Franklin en sortir?

— Je l'ai effectivement vue.

— Avait-elle un objet dans sa main?

— Elle serrait un petit flacon dans sa main droite.

— En êtes-vous absolument sûr?

— Absolument.

— A-t-elle montré un certain trouble en vous voyant?

— Elle m'a paru un peu effrayée.

Le coroner s'adressa ensuite aux jurés.

— Messieurs les jurés, il vous appartient de déterminer maintenant de quelle manière Mrs. Franklin

a trouvé la mort. Le rapport médical ne laisse pas le moindre doute quant à la cause du décès, dû à l'absorption de sulfate de physostigmine. Votre verdict doit préciser si Mrs. Franklin a absorbé le poison elle-même — accidentellement ou volontairement — ou bien s'il lui a été administré par une tierce personne. Plusieurs témoins ont déclaré que la défunte souffrait de dépression nerveuse, qu'elle était sujette à des crises de mélancolie et que, bien que n'ayant aucune maladie organique, son état de santé laissait à désirer. D'autre part, M. Hercule Poirot, dont le nom fait autorité et dont les paroles ont du poids, affirme avoir vu Mrs. Franklin sortir du laboratoire de son mari avec un flacon dans la main. Le jury est en droit de déduire de cette déclaration que Mrs. Franklin s'est emparée du poison dans l'intention bien arrêtée d'attenter à ses jours. Elle paraissait obsédée par le fait qu'elle entravait la carrière de son mari. Pourtant, il semble que ce dernier se soit montré très bon et affectueux envers sa femme, qu'il n'ait jamais exprimé la moindre contrariété devant son mauvais état de santé, qu'il n'ait jamais laissé entendre qu'elle pût entraver sa carrière. Cette idée paraît avoir germé dans le cerveau de Mrs. Franklin. Certaines personnes sujettes à des dépressions nerveuses ont des idées fixes. Dans le cas présent, il est impossible de savoir d'une façon précise à quel moment et dans quelles conditions le poison a été absorbé. Sans doute est-il un peu étrange que l'on n'ait pas retrouvé le flacon aperçu par M. Poirot entre les mains de Mrs. Franklin. Mais il est parfaitement possible, ainsi que l'a suggéré Miss Craven, que Mrs. Franklin l'ait lavé et rangé dans l'armoire à pharmacie, où elle avait dû le prendre avant de se rendre au laboratoire. Et main-

tenant, messieurs les jurés, il vous appartient de vous prononcer.

Après une courte délibération, le jury rendit son verdict : Mrs. Franklin s'était donné la mort en état de démence temporaire.

2

Une demi-heure plus tard, je me trouvais dans la chambre de Poirot. Il avait l'air épuisé. Curtiss l'avait mis au lit et était en train de lui faire prendre son médicament.

Il me fallut ronger mon frein jusqu'à ce que le domestique se fût retiré. Alors, j'éclatai.

— Poirot, est-ce la vérité que vous avez racontée? Avez-vous réellement vu un flacon dans la main de Mrs. Franklin, au moment où elle sortait du laboratoire?

Une ombre de sourire passa sur les lèvres exsangues du vieux détective.

— Ne l'avez-vous pas vu vous-même, mon ami?

— Non.

— Peut-être n'y avez-vous pas prêté attention.

— C'est possible. Je ne pourrais évidemment en jurer.

— Croyez-vous que j'aurais pu mentir?

— Vous n'en seriez pas incapable.

— Hastings, vous me surprenez et vous me vexez. Qu'est donc devenue votre confiance en moi?

— Je ne puis croire que vous soyez capable de commettre un parjure.

Poirot esquissa un autre sourire.

— Ce ne serait pas un parjure, puisque je ne déposais pas sous serment.

— Un mensonge, cependant.

Il fit un vague geste de la main.

— Mon ami, ce qui est dit est dit. Il n'est pas utile d'y revenir.

— Je ne vous comprends vraiment pas.

— Qu'est-ce que vous ne comprenez pas?

— Votre déposition : Mrs. Franklin qui vous aurait parlé de son intention de se suicider...

— Vous l'avez entendue vous-même tenir de tels propos, n'est-ce pas?

— Oui, mais ce n'était là que la manifestation d'une de ses nombreuses lubies. Ce point-là, vous ne l'avez pas mis en évidence.

— Peut-être ne le voulais-je pas.

Je le considérai un instant en silence.

— Vous souhaitiez voir rendre un verdict de suicide?

Poirot ne répondit pas tout de suite.

— Je crois, Hastings, dit-il ensuite d'une voix lente, que vous ne vous rendez pas bien compte de la gravité de la situation. Oui, je désirais effectivement voir rendre un verdict de suicide.

— Et pourtant, vous ne croyez pas que Mrs. Franklin se soit suicidée.

Il secoua lentement la tête.

— Vous êtes donc persuadé qu'elle a été assassinée, insistai-je.

— Oui, Hastings, elle a été assassinée.

— Pourquoi, dans ces conditions, essayez-vous d'étouffer l'affaire et vous êtes-vous arrangé pour faire émettre un verdict qui met fin à l'enquête? Est-ce là ce que vous vouliez?

— Oui.

— Pour quelle raison, grand Dieu?

— Est-il possible que vous ne le voyiez pas? Peu importe, d'ailleurs. N'insistons pas sur ce point. Mais vous pouvez en croire ma parole : nous sommes bien en présence d'un meurtre. Je dirai même d'un assassinat prémédité. Je vous avais dit, Hastings, que l'on commettrait un crime ici et qu'il était fort improbable que nous puissions l'empêcher, car le meurtrier est à la fois résolu et implacable.

Je me sentis frémir.

— Et que va-t-il arriver maintenant?

Autre sourire de Poirot.

— L'affaire est classée, cataloguée comme suicide. Mais vous et moi, Hastings, nous continuons à travailler en-dessous, comme des taupes. Et, tôt ou tard, nous attraperons X.

— Et si, en attendant, il y avait un autre meurtre?

— Je ne pense pas que ce soit possible. A moins, évidemment, que quelqu'un ait vu ou sache quelque chose. Mais, dans ce cas, cette personne aurait fait une déclaration au moment de l'enquête.

CHAPITRE XV

1

Mes souvenirs sont un peu vagues en ce qui concerne la période qui suivit l'enquête sur la mort de Mrs. Franklin. Bien entendu, je n'ai pas oublié les obsèques auxquelles, je dois le dire, assistèrent un grand nombre de curieux de Styles St. Mary. C'est en cette occasion que je fus abordé par une vieille femme aux yeux chassieux et à l'esprit macabre, juste à la porte du cimetière.

— Je me souviens de vous, monsieur, me dit-elle sans préambule.

— Mon Dieu... c'est possible, bredouillai-je.

Elle poursuivit sans tenir compte de ma réponse :

— Il y a bien longtemps, hein? C'était le premier crime qui avait lieu à Styles Court. Et j'avais dit alors : « Ce ne sera pas le dernier. » La vieille Mrs. Ingelthorp, c'était son mari qui l'avait supprimée.

Elle me lança un regard finaud.

— Cette fois, c'est peut-être encore la même chose.

— Que voulez-vous dire? demandai-je d'un ton

sec. Ne savez-vous que le jury du coroner a rendu un verdict de suicide?

— Les jurés ont pu se tromper, pas vrai?

Elle me poussa du coude.

— Les médecins savent comment s'y prendre pour se débarrasser de quelqu'un.

Je la regardai d'un air irrité, et elle détourna les yeux en déclarant que cela ne signifiait rien; mais non sans ajouter :

— C'est tout de même curieux que cela se produise une seconde fois. Et que vous soyez encore là.

L'espace d'un instant, je me demandai si elle me soupçonnait véritablement d'avoir commis les deux crimes, et cela ne laissait pas de me troubler. Quelle étrange chose que la suspicion au sein d'un petit village, et quelle forme elle pouvait prendre parfois! Après tout, cette vieille n'était pas si loin de la vérité, puisque, je savais, moi, que Mrs. Franklin avait été effectivement assassinée.

Ainsi que je l'ai déjà dit, je me rappelle assez mal les journées qui suivirent le drame. Tout d'abord, la santé de Poirot m'inquiétait sérieusement. Un jour, Curtiss vint me trouver — et son visage avait perdu son impassibilité habituelle — pour me dire que son maître avait eu une autre crise assez alarmante.

— Je crois qu'il devrait voir un docteur, monsieur, ajouta-t-il.

Je montai à toute allure jusqu'à la chambre de mon vieil ami, lequel repoussa avec énergie ma suggestion d'appeler un médecin. Je trouvai que cela lui ressemblait assez peu, car il avait toujours été extrêmement soucieux de sa santé. Il évitait soigneusement les courants d'air, entourait sa gorge d'une écharpe de laine ou de soie, avait horreur de se mouiller les pieds, prenait sa température et se mettait au lit au moindre coup de froid. « Car, autrement, avait-il coutume de dire, on risque la *fluxion de poitrine*. »(1) je savais que, pour l'indisposition la plus bénigne, il consultait habituellemnt un médecin.

Or, maintenant qu'il était réellement malade, il paraissait adopter la politique inverse. Mais peut-être était-ce précisément, parce que, jusque là, il n'avait souffert que de troubles sans importance. A présent, il devait avoir peur de se rendre à l'évidence. En conséquence, il essayait de minimiser ses malaises.

— Des médecins, dit-il, j'en ai consulté! Pas un, mais plusieurs. J'ai vu deux spécialistes qui m'ont expédié en Egypte, et ce voyage, au lieu d'améliorer mon état, n'a fait que l'aggraver.

Il me cita ensuite le nom d'un troisième cardiologue londonien d'excellente réputation.

— Qu'a-t-il dit? demandai-je vivement.

Il me lança un coup d'œil oblique. Je sentis mon cœur se serrer.

— Il a fait pour moi tout ce qu'il est humainement possible de faire, déclara-t-il d'une voix calme. Il m'a ordonné des médicaments, et consulter d'autres médecins serait parfaitement inutile. Voyez-vous, mon ami, la machine est usée. On ne peut, hélas, changer le moteur et continuer à rouler, comme on le fait avec une automobile.

— Mais enfin, Poirot, il y a sûrement quelque chose à faire. Curtiss...

— Curtiss? répéta-t-il.

— Oui. Il est venu me dire qu'il se faisait du souci. Vous avez eu, paraît-il, une nouvelle crise.

(1) En français dans le texte.

— Bah! ces petites attaques sont parfois pénibles pour ceux qui en sont les témoins. Et Curtiss n'y est pas habitué.

— Ne voulez-vous vraiment pas vous faire examiner de nouveau?

— Je vous répète que c'est inutile.

Il avait parlé d'une voix douce mais grave et, une fois encore, je sentis mon cœur se serrer. Puis il me sourit.

— L'affaire qui nous occupe, Hastings, sera ma dernière, continua-t-il. Et ce sera aussi la plus intéressante, car notre meurtrier est exceptionnel. Il possède une technique extraordinaire que, malgré moi, je ne puis m'empêcher d'admirer. Jusqu'à présent, il a opéré avec une telle habileté qu'il m'a battu, moi, Hercule Poirot! Il a lancé une attaque à laquelle je suis incapable de trouver une parade.

— Si vous étiez aussi robuste qu'autrefois...

J'avais prononcé cette phrase d'un ton apaisant; mais, selon toute apparence, ce n'était pas ce qu'il fallait dire.

— Combien de fois faudra-t-il vous répéter qu'il n'est pas besoin d'effort physique pour démasquer un criminel? Il suffit de réfléchir, de faire travailler ses petites cellules grises.

— Euh... oui, naturellement. Ça, vous êtes capable de le faire. Fort bien, d'ailleurs?

— Fort bien? Ah! mon ami, vous me vexez. Je suis capable de le faire à la perfection. J'ai les jambes paralysées, mon cœur me joue des tours, mais mon cerveau fonctionne toujours sans la moindre défaillance. Il est, vous le savez depuis longtemps, de toute première qualité.

— Voilà qui est magnifique, dis-je doucement.

Et pourtant, tandis que je regagnais le rez-de-chaussée, je songeais que, cette fois, le cerveau exceptionnel de Poirot était peut-être légèrement dépassé par les événements. Il y avait d'abord eu Mrs. Luttrell, qui avait échappé à la mort par miracle; puis Mrs. Franklin qui, elle, n'avait pas eu la même chance. Et que faisions-nous pour attraper le criminel? Pratiquement rien.

2

Ce fut le lendemain que Poirot me dit :

— Vous m'avez suggéré de consulter un médecin, Hastings.

— J'avoue que je me sentirais beaucoup plus rassuré si vous le faisiez.

— Eh bien, soyez satisfait : j'y consens. Je vais voir le docteur Franklin.

— Franklin? répétai-je d'un air surpris.

— Il est médecin, n'est-il pas vrai?

— Bien sûr. Mais il se consacre exclusivement à la recherche.

— Je sais. Et je crois bien qu'il ne réussirait pas comme médecin généraliste. Il n'aurait pas la manière. Mais il est tout de même qualifié. En fait, je dirai même qu'il connaît son affaire mieux que la plupart de ses confrères.

Je n'étais pas encore parfaitement satisfait. Je ne doutais en aucune façon de la compétence de Franklin, mais il m'avait toujours paru assez peu intéressé par les maladies courantes. Néanmoins, Poirot faisait une concession en acceptant de le consulter et, étant donné qu'il n'avait pas sur place son médecin habituel, Franklin ne fit aucune difficulté pour aller le voir. Il me précisa toutefois que si l'état du malade nécessitait un traitement de longue durée, il faudrait faire appel à un autre praticien.

Il passa un long moment dans la chambre de Poirot. Lorsqu'il en ressortit, je l'entraînai chez moi et refermai la porte.

— Eh bien? demandai-je d'un ton anxieux.

— C'est un homme absolument remarquable.

J'esquissai un geste vague.

— Ça, je le sais. Mais sa santé?

Franklin eut l'air étonné, comme si je faisais allusion à une question sans importance.

— Oh! sa santé, évidemment, n'est pas fameuse.

C'était là, me sembla-t-il, une façon assez peu professionnelle de s'exprimer. Et pourtant, ma fille m'avait affirmé à plusieurs reprises que Franklin avait été l'un des étudiants les plus brillants de sa promotion.

— Dans quel état est-il? insistai-je.

Il me fixa en silence pendant un instant.

— Vous voulez le savoir?

— Bien entendu.

Qu'est-ce que cet imbécile allait s'imaginer?

— La plupart des gens, reprit-il, ne souhaitent pas être fixés. Ils veulent plutôt qu'on les rassure, et ils peuvent ainsi conserver quelque espoir. Et il arrive que l'on assiste à des guérisons étonnantes autant qu'imprévues. Ce ne sera pas, hélas, le cas de M. Poirot.

— Voulez-vous dire...

Je sentis mon estomac se nouer.

— Oui, reprit Franklin avec un petit signe de tête, il est perdu. Et je crains même qu'il n'en ait plus

186

pour bien longtemps. Naturellement, je ne ferais pas cette déclaration s'il ne m'y avait expressément autorisé.

— Il est donc... au courant.

— Certes. Il sait que son cœur peut flancher d'une minute à l'autre. Mais bien entendu, il est impossible de prévoir exactement le moment où cela se produira.

Il s'interrompit un instant, puis continua d'une voix lente :

— D'après ce que j'ai pu comprendre, il craint de n'avoir pas le temps de terminer... quelque chose qu'il a entrepris. Savez-vous de quoi il s'agit?

— Oui, je le sais.

Franklin me décocha un coup d'œil intrigué.

— Il voudrait être sûr de terminer la tâche qu'il s'est fixée.

Je me demandai si le médecin avait une idée de cette tâche.

— J'espère qu'il y parviendra, continua-t-il. J'ai eu l'impression qu'elle avait à ses yeux une importance capitale. C'est un homme à l'esprit méthodique.

— Ne peut-on rien tenter? N'y a-t-il pas un traitement susceptible de...

Il secoua lentement la tête.

— Non. Il a des ampoules d'amylnitrate à prendre au moment où il sent venir une crise. En dehors de ça, il n'y a rien à faire.

Après quelques secondes d'hésitation, il ajouta une remarque curieuse.

— Il a un très grand respect pour la vie humaine, n'est-ce pas?

— Je le crois, en effet.

Combien de fois n'avais-je pas entendu Poirot déclarer : « Je n'approuve pas le meurtre. »

— C'est toute la différence entre nous. Je ne possède pas le même respect.

Je le considérai sans mot dire. Il pencha un peu la tête de côté avec une ébauche de sourire.

— C'est vrai. Puisque la mort doit venir de toute façon, qu'importe qu'elle vienne un peu plus tôt ou un peu plus tard? Ça ne fait aucune différence.

— Si telle est votre opinion, qu'est-ce qui a bien pu vous inciter à devenir médecin? demandai-je non sans une certaine indignation.

— Mon cher ami, la médecine ne consiste pas seulement à essayer de retarder la fin dernière. C'est beaucoup plus que cela; c'est aussi tenter d'améliorer la qualité de la vie. Si un homme en bonne santé vient de mourir, cela n'a pas une très grande importance; si un imbécile ou un crétin disparaît, c'est une bonne chose. Mais si on découvrait la manière de transformer un crétin en un être normal — par exemple en corrigeant le fonctionnement de ses glandes — cela serait d'une importance primordiale.

Je le considérai avec un intérêt accru. Je me disais toujours que ce ne serait pas lui que j'appellerais si j'avais la grippe, mais il me fallait bien payer tribut à sa sincérité et à sa force de caractère. J'avais déjà remarqué qu'il s'était produit en lui un certain changement depuis la mort de sa femme. S'il en avait éprouvé du chagrin, il ne l'avait guère extériorisé. Bien au contraire, il paraissait plus vivant, moins distrait, plein d'une énergie nouvelle.

Il ajouta, interrompant brusquement mes pensées :

— Judith et vous êtes assez dissemblables, n'est-ce pas?

— Je le crois, oui.

— Ressemble-t-elle à sa mère?

188

Je réfléchis un instant, puis hochai lentement la tête.

— Pas vraiment. Ma femme était pleine de gaieté, toujours souriante; elle ne prenait jamais rien au tragique, et elle a essayé de me modeler à son image. Sans grand succès, je le crains.

Il esquissa un sourire.

— Vous êtes plutôt du genre père noble, n'est-ce pas? C'est du moins ce que prétend Judith. Elle même ne rit pas beaucoup. C'est une jeune fille très sérieuse, et je suppose qu'elle travaille trop. Mais ça, c'est un peu de ma faute.

Il parut se replonger dans ses méditations.

— Votre travail doit être passionnant, dis-je.

Remarque banale s'il en fut.

— Seulement pour une demi-douzaine de personnes. Pour les autres, il est profondément ennuyeux. Et sans doute ont-elles raison.

Il rejeta la tête en arrière et redressa les épaules. Il eut soudain l'air de ce qu'il était réellement : un homme énergique et viril.

— Mais maintenant, je vais avoir ma chance. Le cabinet du ministre m'a fait savoir aujourd'hui que le poste est toujours vacant et qu'il est pour moi si je le désire. Je pars dans dix jours.

— Pour l'Afrique?

— Oui. C'est magnifique.

— Si tôt que ça?

Je dois avouer que j'étais légèrement choqué.

— Que voulez-vous dire? Oh! vous pensez sans doute à la mort de Barbara. Bah! pourquoi cacher que sa disparition a été pour moi un immense soulagement? Voyez-vous, je n'ai pas de temps à perdre en attitudes conventionnelles. Je suis tombé amoureux de Barbara — qui était une très jolie fille — , je

189

l'ai épousée, et j'ai cessé de l'aimer au bout d'un an. Je ne crois même pas que ça ait duré aussi long-temps. Bien sûr, je l'ai déçue, car elle avait pensé pouvoir exercer une certaine influence sur moi : mais elle n'y est pas parvenue. Je reconnais que je suis une brute égoïste, une tête de cochon qui ne fait que ce qu'il lui plaît.

— C'est pourtant à cause d'elle que vous aviez d'abord refusé ce poste en Afrique.

— Oui, mais pour des raisons financières. J'avais commencé à faire vivre Barbara sur le pied auquel elle était habituée avant son mariage et, si j'étais parti, elle se serait trouvée dans une situation diffi-cile.

Il sourit, d'un sourire presque puéril.

— Mais les choses se sont étonnamment bien arrangées.

J'étais littéralement révolté. Il est vrai que la plu-part des hommes qui perdent leur femme ne sortent généralement pas de cette épreuve avec le cœur brisé; cela n'est un mystère pour personne. Mais, chez Franklin, c'était vraiment trop criant.

Il fixait toujours mon visage, mais il ne paraissait pas autrement troublé par mon air réprobateur.

— On apprécie rarement la vérité, reprit-il. Et pourtant, elle épargne beaucoup de temps et de dis-cours inutiles.

— Cela ne vous chagrine pas, répliquai-je sèche-ment, que votre femme se soit suicidée?

— Je ne pense pas, dit-il d'un air pensif, qu'elle se soit suicidée. Cette hypothèse est fort invraisem-blable.

— Que pensez-vous donc qu'il lui soit arrivé?

— Je l'ignore. Et je ne suis pas certain de souhai-ter l'apprendre. Comprenez-vous?

Ses yeux s'étaient faits plus durs et plus froids.

— Non, je ne désire pas le savoir, ajouta-t-il. Cela ne... m'intéresse pas.

3

Je ne me rappelle pas à quel moment précis je remarquai que Norton était préoccupé et soucieux. Depuis l'enquête et l'enterrement, il paraissait plus sombre, gardait le silence et errait à l'aventure, le front plissé, les yeux baissés vers le sol. Il avait l'habitude de passer sa main dans ses cheveux gris coupés court et de les hérisser d'une manière comique. Ce geste inconscient devenait de plus en plus fréquent et trahissait son trouble intérieur. Quand on lui adressait la parole, il répondait d'un air distrait, et je finis par être persuadé que quelque chose le tracassait sérieusement. Je me hasardai à lui demander s'il avait reçu de mauvaises nouvelles, mais il me répondit par la négative. Cependant, un peu plus tard, il me sembla qu'il cherchait, par un chemin détourné, à obtenir mon avis sur le sujet qui le tourmentait. En bredouillant un peu — comme il le faisait toujours quand il se mêlait de parler sérieusement —, il s'embarqua dans une histoire compliquée sur un point de morale.

— Il devrait être extrêmement simple de dire si une chose est bien ou si elle est mal, n'est-ce pas? Et pourtant, quand le cas se présente, ça ne va pas tout seul. Par exemple, il peut arriver que l'on tombe par hasard sur quelque chose qui ne vous était pas destiné; quelque chose dont on ne saurait tirer aucun profit mais qui serait terriblement important. Voyez-vous ce que je veux dire?

— Pas très bien, je l'avoue.

Il fronça les sourcils et passa sa main dans sa tignasse grisonnante.

— C'est difficile à expliquer. Supposez, par exemple, que vous voyiez quelque chose dans une lettre personnelle — disons une lettre destinée à quelqu'un d'autre et que vous auriez ouverte par mégarde. Vous commencez à la lire, parce que vous êtes persuadé qu'elle vous est adressée et, avant que vous vous soyez rendu compte de votre erreur, vous avez appris quelque chose que vous n'auriez pas dû savoir. Ça peut arriver, n'est-ce pas?

— Certes.

— Eh bien, que faire dans ce cas?

— Ma foi...

Je réfléchis un instant au problème.

— ... je suppose, continuai-je, que le mieux serait d'aller trouver la personne à qui la lettre était destinée et de s'excuser de l'avoir ouverte par inadvertance.

Norton poussa un soupir.

— Ça pourrait ne pas être aussi simple. Par exemple, si vous avez appris quelque détail... disons gênant.

— Vous voulez dire gênant pour l'autre personne? J'imagine qu'il faudrait alors faire semblant de n'avoir rien lu en prétendant s'être aperçu à temps de la méprise.

— Oui, sans doute, répondit Norton après un instant de silence.

Mais il ne paraissait pas absolument convaincu que ce fût là une solution satisfaisante.

192

— Je voudrais bien savoir ce que je dois faire, reprit-il d'un air pensif.

Je lui affirmai que je ne voyais pas d'autre solution à son problème, mais il était encore visiblement soucieux.

— Voyez-vous, Hastings, il peut y avoir encore autre chose. Imaginez que ce que vous avez appris par inadvertance soit également important pour une tierce personne.

Je finis par perdre patience.

— Vraiment, Norton, je ne vois pas où vous voulez en venir. Vous ne pouvez pas ainsi lire la correspondance privée des gens, et puis...

— Non, bien sûr que non. Ce n'est pas ce que je voulais dire. D'ailleurs, il ne s'agissait pas d'une lettre, en réalité. J'ai seulement pris cet exemple pour vous faire comprendre. Bien entendu, tout ce qu'on pourrait lire, voir ou entendre, on le garderait en principe pour soi. A moins que...

— A moins que... quoi?

— A moins qu'il ne s'agisse d'une chose qu'on aurait le devoir de faire connaître.

Je le considérai avec un intérêt nouveau.

— Supposez, poursuivit-il, que vous ayez vu quelque chose par un trou de serrure.

Cela me fit penser à Poirot.

— Je pose en principe, évidemment, que vous aviez une raison valable de regarder par ce trou de serrure : par exemple, la clef avait pu se coincer... Bref, vous ne vous attendiez pas à voir ce que vous avez vu.

Je me rappelai soudain le jour où Norton regardait à travers ses jumelles pour observer un pic épeiche. Je me souvins de sa gêne et de son embarras, de sa tentative pour m'empêcher de voir à mon tour ce qu'il avait lui même aperçu. Sur le moment, j'avais sauté à la conclusion que ce qu'il avait vu me concernait plus ou moins : en fait, j'étais persuadé qu'il s'agissait de Judith et d'Allerton. Mais si je m'étais trompé? S'il s'agissait de quelque chose de totalement différent? Ce jour-là, j'étais tellement obsédé par cette pensée que je n'avais envisagé aucune autre hypothèse.

— Est-ce quelque chose que vous avez vu à travers vos jumelles? demandai-je brusquement.

Norton parut à la fois surpris et soulagé.

— Comment... avez-vous deviné, Hastings?

— C'était le jour où nous nous trouvions sur ce petit tertre en compagnie de Miss Cole, n'est-ce pas?

— Oui.

— Et vous ne vouliez pas me laisser voir.

— Non. Ce n'était pas... je veux dire... Aucun de nous ne devait être au courant.

— De quoi s'agissait-il?

Norton se rembrunit à nouveau.

— Toute la question est là. Dois-je le dire? C'était... enfin, c'était... un peu de l'espionnage. J'ai aperçu quelque chose que je n'étais pas censé voir. Je ne regardais d'ailleurs pas cela, car il y avait véritablement un pic épeiche. Et puis, j'ai vu... le reste.

Il s'arrêta. Je mourais de curiosité, d'envie de savoir, mais je respectais ses scrupules.

— Est-ce une chose très importante? demandai-je.

— Je ne sais pas. Ça pourrait l'être.

— Cela a-t-il un rapport quelconque avec la mort de Mrs. Franklin?

Il sursauta.

— C'est curieux que vous me demandiez cela.

— J'ai donc deviné juste.

— Euh... pas exactement. Mais ce fait pourrait

faire apparaître certains détails sous un jour sensiblement différent. Ça signifierait alors... Oh! Et puis, au diable tout cela! Seulement, je ne sais vraiment pas quoi faire.

Norton hésitait évidemment à me faire part de ce qu'il avait vu. Je le comprenais, d'ailleurs; car, à sa place, j'aurais sans doute réagi de la même manière. Il est toujours désagréable de se trouver en possession d'un renseignement acquis d'une façon que d'autres pourraient qualifier de peu élégante.

Et soudain, une idée me traversa l'esprit.

— Pourquoi ne consulteriez-vous pas Poirot?

— Poirot? répéta Norton d'un air surpris.

— Certes. Demandez-lui donc conseil.

— Ma foi, répondit-il au bout d'un instant, vous avez peut-être raison. Evidemment, c'est un étranger...

Il s'interrompit, l'air un peu gêné. Mais je saisissais fort bien sa pensée. Les remarques mordantes de Poirot sur le fait de jouer franc jeu ne m'étaient que trop familières. Je m'étonnais qu'il n'ait jamais songé à prendre lui-même des jumelles! Il l'aurait certes fait s'il y avait pensé.

— Il respecterait votre confidence, insistai-je. Mais vous ne seriez nullement tenu de suivre ses conseils, naturellement.

— Oui, je crois que je vais aller le voir, me répondit-il d'un air pensif.

4

Je fus étonné par la réaction de Poirot.

— Que dites-vous, Hastings? demanda-t-il vivement.

Il laissa tomber la tartine beurrée qu'il portait à sa bouche et se pencha vers moi.

— Répétez-moi ça, voulez-vous?

Je m'exécutai.

— Ce jour-là, dit-il ensuite d'un air songeur, il a donc vu quelque chose à travers ses jumelles. Un détail dont il n'a pas voulu vous faire part, hein?

Il avança la main et m'agrippa le bras.

— Il n'a parlé de ça à personne d'autre?

— Je ne crois pas. Non, je suis à peu près sûr qu'il n'en a rien dit.

— Faites bien attention, Hastings. Il est important qu'il n'en souffle mot à quiconque. Pas la moindre allusion. Le contraire pourrait avoir des conséquences dangereuses.

— Des conséquences... dangereuses?

— C'est exactement ce que j'ai dit.

Le visage de Poirot était exceptionnellement grave.

— Arrangez-vous pour qu'il vienne me voir ce soir. Une petite visite purement amicale. Que personne ne soupçonne qu'il a une raison particulière pour venir me parler. Voyons, Hastings, qui d'autre était avec vous ce jour-là?

— Miss Cole.

— A-t-elle remarqué quelque chose de bizarre dans l'attitude de Norton?

J'essayai de me souvenir.

— Je ne sais pas. C'est possible. Dois-je lui demander si...

— Ne dites rien, mon ami. Absolument rien.

CHAPITRE XVI

1

J'allai aussitôt transmettre à Norton l'invitation de Poirot.

— C'est bon, j'irai le voir, me répondit-il. Mais, vous savez, Hastings, je regrette presque d'avoir mentionné cette histoire. Même à vous.

— A propos, vous n'en avez parlé à personne d'autre, n'est-ce pas?

— Non. Du moins... Non, je suis sûr que non.

— En êtes-vous absolument certain?

— Oui. Je n'ai rien dit.

— Eh bien, surtout pas un mot à quiconque avant d'avoir vu Poirot.

Je n'avais pas été sans remarquer la légère hésitation de sa première réponse, mais la seconde m'avait rassuré. Plus tard, cependant, je devais me rappeler cette hésitation.

Je gravis à nouveau ce petit tertre herbeux sur lequel nous nous étions trouvés ce jour-là, et je fus surpris d'y trouver de nouveau Elizabeth Cole.

— Vous avez l'air bien surexcité, capitaine Hastings, dit-elle en tournant la tête vers moi au moment où j'atteignais le sommet de la pente. Quelque chose vous tracasse?

Je m'efforçai de me calmer.

— Non, rien du tout. Je suis seulement un peu essoufflé.

Et j'ajoutai d'un ton indifférent :

— Je crois qu'il va pleuvoir.

Elle leva les yeux vers le ciel.

— Oui, je le crois aussi.

Nous gardâmes le silence pendant une ou deux minutes. Cette jeune femme avait un je-ne-sais-quoi qui me la rendait extrêmement sympathique. Depuis qu'elle m'avait avoué sa véritable identité et parlé du drame qui avait ruiné sa vie, l'intérêt que je lui portais s'était considérablement accru. Deux personnes qui ont connu le malheur ont forcément un lien commun, et je souhaitais qu'il y eût pour elle un second printemps.

— Loin d'être surexcité, dis-je impulsivement, je me sens aujourd'hui plutôt déprimé. J'ai de mauvaises nouvelles de mon vieil ami.

— M. Poirot?

Son intérêt teinté de sympathie me poussa à m'épancher. Lorsque j'eus terminé, elle resta un instant muette.

— Je comprends, dit-elle ensuite. La fin peut donc venir d'un jour à l'autre.

Incapable de parler, j'acquiesçai d'un signe.

— Quand il ne sera plus là, repris-je au bout d'un moment, je me sentirai vraiment bien seul au monde.

— Oh! mais vous avez Judith. Et vos autres enfants.

— Ils sont dispersés aux quatre coins du monde. Et Judith a son travail. Elle n'a pas besoin de moi.

— J'imagine que les enfants n'ont besoin de leurs parents que lorsqu'ils ont un ennui quelconque. C'est là, je pense, une loi immuable. Mais moi, je suis encore plus seule que vous. Mes deux sœurs sont très loin : l'une en Amérique, l'autre en Italie.

— Ma chère amie, vous êtes encore à l'aube de la vie.

— A trente-cinq ans?

— Qu'est-ce que trente-cinq ans? Je voudrais bien les avoir encore.

Et j'ajoutai d'un air malicieux :

— Vous savez, je ne suis pas complètement aveugle.

Elle me lança un coup d'œil interrogateur, puis rougit.

— Vous ne pensez pas... Oh! Stephen Norton et moi ne sommes que des amis; rien d'autre. Nous avons certes quelques points communs, mais...

— Tant mieux.

— Il est... si bon.

— Ne croyez pas que les attentions des hommes soient uniquement la conséquence de leur bonté d'âme. Nous ne sommes pas faits ainsi...

La jeune femme pâlit soudain.

— Vous êtes cruel, dit-elle d'une voix basse et

rauque. Aveugle aussi. Comment pourrais-je jamais, moi, penser au mariage? Ma sœur était une meurtrière. A moins qu'elle ne fût folle. Je me demande ce qui est pire.

— Ne vous laissez pas tourmenter par cette pensée. N'oubliez pas que... ce n'était peut-être pas vrai.

— Que voulez-vous dire? *C'était* vrai.

— Vous m'avez dit un jour, souvenez-vous-en : « Ce n'était pas Maggie. »

— On peut éprouver une impression...

— Les impressions correspondent parfois à la vérité. Elle me dévisagea avec de grands yeux.

— Expliquez-vous, murmura-t-elle.

— Votre sœur n'était pas véritablement coupable. Elle porta la main à sa bouche et me fixa avec plus d'intensité encore, d'un air effrayé.

— Vous perdez la raison. Qu'est-ce qui vous a mis cette idée en tête?

— Peu importe. Un jour, je vous prouverai que je dis vrai.

3

J'atteignais la maison lorsque je me heurtai à Boyd Carrington.

— C'est ma dernière soirée à Styles, m'annonça-t-il. Je pars demain.

— Pour Knatton?

— Oui.

Il poussa un soupir et continua :

— Et, je peux bien vous l'avouer, Hastings, je me réjouis de quitter ces lieux.

Je haussai les épaules.

— Oh! je sais bien que la nourriture n'est pas excellente et que le service laisse un peu à désirer, mais...

— Ce n'est pas à cela que je faisais allusion. Après tout, le prix de pension est raisonnable, et on ne peut pas exiger l'impossible. Non, ce n'est pas au manque de confort que je pensais. C'est surtout que je n'aime pas cette maison : il y a ici une atmosphère mauvaise. Je ne saurais m'expliquer. Peut-être un endroit où un meurtre a été commis autrefois n'est-il plus tout à fait le même par la suite. Il se passe ici certaines choses... Il y a d'abord eu ce fâcheux accident survenu à Mrs. Luttrell. Et puis, cette pauvre petite Barbara...

Il s'interrompit un instant, plongé dans ses pensées.

— J'aurais cru que c'était la dernière personne au monde susceptible de songer au suicide.

J'hésitai avant de répondre.

— Mon Dieu, je ne crois pas que je serais aussi affirmatif...

Il m'arrêta d'un geste.

— Moi, si. La veille, j'avais passé toute la journée avec elle, souvenez-vous. Elle était pleine d'entrain et de gaieté, ravie de la promenade que nous avions faite ensemble. Elle ne se faisait du souci que pour une seule chose : elle se demandait si John n'était pas trop absorbé par ses expériences, s'il ne poussait pas les choses trop loin et ne songeait pas à essayer toutes ces sales drogues sur lui-même. Savez-vous ce que je crois, Hastings?

— Non.

— Eh bien, c'est son mari qui est responsable de sa mort, avec ses perpétuelles remontrances. Quand elle était avec moi, Barbara était toujours gaie et heureuse. Mais il lui laissait trop voir qu'elle handicapait sa précieuse carrière. Sa foutue carrière! Absolument privé de sensibilité, cet individu. Sa femme meurt dans des circonstances tragiques, mais cela ne le trouble en aucune façon. Il vient de me déclarer sans sourciller que, maintenant, il pourrait partir tranquillement pour l'Afrique. En vérité, Hastings, je ne serais pas autrement surpris si on me disait qu'il a lui-même assassiné sa femme.

— Allons donc! m'écriai-je. Vous ne parlez pas sérieusement.

— Non, évidemment. Mais c'est surtout parce que je pense que, s'il avait eu l'intention de la tuer, il s'y serait pris autrement. Tout le monde savait qu'il travaillait sur cette drogue — la physostigmine —, et il n'aurait pas utilisé ce poison. Malgré ça, Hastings, je ne suis pas le seul à penser que Franklin est un étrange personnage. Je tiens le renseignement d'une personne bien placée pour le savoir.

— Qui donc? demandai-je vivement.

— Miss Craven.

Je ne pus cacher ma surprise.

— Quoi?

— Chut! Pas si fort. Oui, c'est elle qui m'a mis cette idée en tête. Vous savez, c'est une fille très intelligente et à qui rien n'échappe. Elle n'aime pas Franklin et ne l'a jamais aimé.

A priori, j'aurais cru que c'était surtout sa malade que Miss Craven n'appréciait guère. Et il me vint tout à coup à l'esprit qu'elle devait en savoir pas mal sur le ménage Franklin.

— Elle est ici, ce soir, reprit Boyd Carrington.

— Vous dites?

J'étais de plus en plus surpris, car Miss Craven

avait quitté Styles aussitôt après les obsèques de Mrs. Franklin.

4

Il me faut, je crois, déclarer dès à présent que, à aucun moment, je n'avais envisagé la possibilité d'un échec de Poirot. Dans la lutte qui l'opposait à X, je n'avais jamais pensé que le criminel pût avoir le dessus. En dépit de la mauvaise santé de mon vieil ami, j'avais conservé toute ma confiance en lui, et je le considérais comme le plus fort des deux adversaires. Car j'étais, depuis de nombreuses années, habitué à ses succès.

Ce fut pourtant lui-même qui, le premier, sema le doute dans mon csprit. J'étais allé le voir avant de descendre dîner, et je ne sais pourquoi il prononça brusquement cette petite phrase :

— S'il m'arrivait quelque chose...

Je protestai énergiquement et lui assurai qu'il ne lui arriverait rien, que rien ne pouvait lui arriver.

— Vous n'avez donc pas écouté attentivement ce que vous a dit le docteur Franklin, reprit-il.

— Franklin n'en sait pas plus que les autres. Vous avez encore des années à vivre, Poirot.

— C'est possible, mon ami, quoique fort improbable. Mais je faisais allusion à une éventualité un peu particulière. Bien que je puisse mourir sans tarder, il se pcut que ce ne soit pas encore assez tôt pour le goût de M. X!

— Quoi? m'écriai-je d'un air choqué.

— Mais oui, Hastings. X est un homme intelligent, très intelligent. Et il ne peut manquer de comprendre que mon élimination — même si elle ne devait précéder ma mort naturelle que de peu de jours — serait pour lui un avantage inestimable.

— Mais alors... alors que se passerait-il?

— Quand un officier tombe au combat, mon ami, son adjoint prend le commandement. Dans cette éventualité, il vous appartiendrait de poursuivre la tâche.

— Comment serait-ce possible? Je suis complètement dans le noir.

— J'ai tout prévu. S'il m'arrivait malheur, vous trouveriez ici les documents dont vous auriez besoin.

Il tapota de la main le porte-documents fermé à clef qui était posé près de lui.

— Il n'est pas besoin de faire preuve d'une telle astuce. Dites-moi simplement dès maintenant ce que je dois savoir.

— Non, mon cher. Le fait que vous ignoriez certains détails que je sais, moi, est un atout précieux.

— Vous m'avez laissé, j'imagine, un compte rendu détaillé de l'affaire.

— Certainement pas, car X pourrait tenter de s'en emparer.

— Qu'avez-vous donc laissé?

— Des indications qui n'auraient aucune valeur aux yeux de X, mais qui vous conduiraient, vous, à la découverte de la vérité.

— Je n'en suis pas sûr. Pourquoi faut-il que vous ayez un esprit aussi tortueux, Poirot? Vous avez toujours aimé compliquer les choses à plaisir.

— Vous pensez que c'est chez moi une sorte de manie, n'est-ce pas? Peut-être avez-vous raison.

Mais, rassurez-vous, mes indications vous condui-
ront à la vérité.

Il se tut, pour reprendre au bout d'un moment :

— Et peut-être alors, souhaiterez-vous qu'elles ne
vous aient pas mené aussi loin. Et vous direz :
« *Baissez le rideau!* »

Quelque chose dans sa voix déclencha à nouveau
en moi cette vague crainte que j'avais déjà ressentie
à deux ou trois reprises. C'était comme si, quelque
part, caché à ma vue, existait un fait que je ne voulais pas voir, que je ne pouvais supporter de reconnaître. Un fait que, au plus profond de moi-même, je
savais déjà.

Je chassai cette pensée et pris congé de Poirot
pour descendre à la salle à manger.

CHAPITRE XVII

1

Le dîner fut assez gai. Mrs. Luttrell était de nouveau parmi nous, et elle nous prodiguait sa bonne humeur agrémentée de son accent faussement irlandais. Franklin était plus animé et plus en train que je ne l'avais jamais vu jusque là. Pour la première fois, je voyais Miss Craven sans son uniforme d'infirmière et, à présent qu'elle avait abandonné sa réserve professionnelle, j'avais l'impression qu'elle était encore plus jolie et plus attrayante.

Après le repas, Mrs. Luttrell proposa un bridge; mais, finalement, ce furent des jeux de société qui eurent la préférence. Vers neuf heures et demie, Norton annonça son intention d'aller voir Poirot.

— Bonne idée, déclara Boyd Carrington. Je crois que je vais vous accompagner.

J'intervins vivement.

— Ecoutez, si ça ne vous fait rien... Vous savez, ça le fatigue de devoir parler à plusieurs personnes à la fois.

Norton saisit à demi-mot et s'empressa d'ajouter.

— Je vais simplement lui apporter un livre sur les oiseaux. Je le lui ai promis hier.

— Très bien, dit Boyd Carrington. Mais... vous redescendez, Hastings?

— Certainement.

Je montai avec Norton. Poirot attendait sa visite. Après avoir échangé quelques mots avec lui, je redescendis au salon. Nous commençâmes une partie de rami.

J'avais l'impression que Boyd Carrington était quelque peu offusqué par l'atmosphère d'insouciance qui régnait à Styles ce soir-là. Sans doute pensait-il que le drame était encore trop récent pour être oublié avec autant de désinvolture. Il était distrait, ne prêtait pas attention à ce qu'il faisait, et il finit par s'excuser auprès des autres joueurs.

Il se leva et alla ouvrir la porte-fenêtre du salon. Au loin, le tonnerre grondait, bien que l'orage ne fût pas encore arrivé jusqu'à nous. Boyd Carrington referma la porte et revint vers la table de jeu. Il nous observa un instant en silence, puis quitta la pièce.

Il était onze heures moins le quart lorsque je regagnai ma chambre. Je n'entrai pas chez Poirot, me disant qu'il était sans doute déjà endormi. De plus, j'étais peu disposé à aborder de nouveau le problème qui nous préoccupait. Je voulais dormir. Et oublier.

Je commençais à m'assoupir lorsqu'un bruit me fit sursauter. Je crus d'abord qu'on avait frappé à ma porte et dis : « Entrez! » d'une voix ensommeillée. N'obtenant pas de réponse, j'allumai ma lampe de chevet, me glissai hors du lit et allai jeter un coup d'œil dans le couloir.

J'aperçus Norton qui sortait de la salle de bain et

entrait dans sa chambre. Il portait une robe de chambre à carreaux d'une couleur particulièrement hideuse, et ses cheveux étaient aussi ébouriffés qu'à l'ordinaire. Il referma la porte derrière lui et, tout de suite après, j'entendis la clef tourner dans la serrure.

Un roulement de tonnerre retentit, plus fort que les précédents. L'orage se rapprochait.

Je regagnai mon lit, un peu mal à l'aise en songeant au grincement de cette clef dans la serrure, et j'éprouvai comme un sombre pressentiment. Norton avait-il pour habitude de se barricader dans sa chambre, la nuit? Poirot lui aurait-il conseillé de prendre cette précaution? Je me souvins alors avec effroi que la clef de la chambre de Poirot avait mystérieusement disparu peu de temps après son arrivée.

Allongé dans mon lit, les yeux grands ouverts, je sentais s'accroître mon inquiétude, et le grondement incessant du tonnerre ajoutait encore à ma nervosité. Je finis par me relever pour aller, moi aussi, fermer ma porte à clef. Après quoi, je retournai me coucher et m'endormis.

2

Le lendemain matin, j'entrai chez Poirot avant de descendre à la salle à manger pour le petit déjeuner. Je le trouvai couché. Je remarquai, une fois de plus, que des rides profondes sillonnaient son visage, et il me parut assez mal en point.

— Comment allez-vous, ce matin? lui demandai-je néanmoins.

Il m'adressa un pâle sourire.

— J'existe, mon ami. J'existe encore.

— Mais vous ne souffrez pas.

Il poussa un soupir.

— Non. Je suis seulement fatigué. Très fatigué.

— Que s'est-il passé, hier soir? Norton vous a-t-il dit ce qu'il avait vu ce jour-là?

— Il me l'a dit, oui.

— Qu'était-ce?

Poirot me regarda longuement d'un air pensif avant de répondre.

— Je ne suis pas sûr, Hastings, qu'il soit bon de vous le répéter. Vous pourriez mal interpréter.

— Expliquez-vous.

— Norton m'a déclaré avoir vu deux personnes...

— Judith et Allerton! m'écriai-je. Je l'avais bien pensé, sur le moment.

— Eh bien, non. Ce n'était pas Judith et Allerton. Ne vous ai-je pas dit que vous risquiez de mal interpréter? Vous êtes l'homme d'une seule idée!

— Excusez-moi, dis-je, un peu confus. Alors, qui était-ce?

— Je vous l'apprendrai peut-être demain. Auparavant, j'ai beaucoup à réfléchir.

— Est-ce que cette conversation vous a appris quelque chose sur l'affaire?

Poirot fit un signe affirmatif, ferma les yeux et se renversa sur son oreiller.

— L'affaire est terminée, dit-il. Il ne reste que quelques détails à élucider. Maintenant, descendez donc déjeuner, mon ami. Et envoyez-moi Curtiss, voulez-vous?

J'obéis sans protester. Je voulais d'ailleurs voir

Norton. J'étais curieux de savoir ce qu'il avait raconté à Poirot. Au fond de moi-même, je n'étais pas satisfait. Le manque d'entrain de Poirot m'avait frappé désagréablement. Pourquoi ces réticences, cette discrétion persistante? Et pourquoi, aussi, cette inexplicable tristesse? Quelle était la raison profonde de tout cela?

Norton n'était pas à la salle à manger. Dès que j'eus déjeuné, j'allai faire un tour dans le jardin. L'orage de la nuit avait rafraîchi l'air, et je remarquai qu'il avait beaucoup plu. Boyd Carrington était sur la pelouse. Je me réjouis de le voir. Je crois que j'aurais aimé le mettre dans la confidence, et je fus fortement tenté de le faire. Poirot me paraissait maintenant incapable d'agir seul. Mais Boyd Carrington était, ce matin, si plein d'entrain que je me sentis un peu rassuré.

— Vous descendez tard, me dit-il.

— C'est vrai. J'ai dormi plus longtemps que d'habitude.

— Il a fait un bel orage, cette nuit. Vous avez entendu?

Je me rappelai, en effet, avoir vaguement entendu le roulement du tonnerre dans mon sommeil.

— Je n'étais pas très en forme, hier soir, reprit mon compagnon. Aujourd'hui, ça va mieux.

Il s'étira et bâilla.

— Où est Norton? demandai-je.

— Pas encore descendu, j'imagine. Il est passablement cossard, vous savez.

Instinctivement, nous levâmes les yeux. Les fenêtres de la chambre de Norton se trouvaient juste au-dessus de nous. Je fus surpris de constater que les volets étaient les seuls, sur toute la façade, à être encore fermés.

— Bizarre, dis-je. Croyez-vous qu'on ait oublié de l'appeler?

— Vous avez raison, c'est étrange. J'espère qu'il n'est pas malade. Montons voir ce qu'il se passe.

Nous gravîmes l'escalier ensemble. La femme de chambre, une fille à l'air un peu stupide, était dans le couloir du premier étage. En réponse à une question de Boyd Carrington, elle nous apprit que Norton n'avait pas répondu quand elle avait frappé. Je m'approchai de la porte et constatai qu'elle était fermée à clef. Je me sentis assailli par un sombre pressentiment. Je cognai énergiquement contre le panneau de bois, tout en appelant :

— Norton... Norton! Réveillez-vous...

Puis, plus fort :

— Réveillez-vous!...

3

Lorsqu'il parut évident que nous n'obtiendrions pas de réponse, nous allâmes à la recherche du colonel Luttrell. Il nous écouta tout en tiraillant nerveusement sa moustache, les yeux emplis d'une vague frayeur. Mais sa femme, toujours prompte à prendre les décisions qui s'imposaient, n'hésita pas une seconde.

— Il faut ouvrir cette porte d'une manière ou d'une autre, déclara-t-elle. Il n'y a rien d'autre à faire.

Pour la seconde fois de ma vie, je vis enfoncer une porte à Styles. Et, derrière cette porte, nous trouvâmes ce que nous avions déjà trouvé autrefois : *une mort violente.*

Norton était étendu sur son lit, revêtu de sa robe de chambre. Dans la main droite, il serrait encore la crosse d'un petit automatique. Simple jouet en apparence, mais fort capable de remplir son rôle. Norton avait un petit trou bien net exactement au milieu du front. La clef de sa chambre était dans sa poche.

Je ne pus sur le moment, me rappeler ce que cela me suggérait. J'étais trop bouleversé pour me souvenir.

4

Dès mon entrée dans sa chambre, Poirot ne put manquer de remarquer l'expression de mon visage.

— Qu'est-il arrivé? demanda-t-il vivement. Norton?

— Mort!

— Quand? Comment?

Je le lui expliquai en quelques mots.

— Un suicide, évidemment, ajoutai-je. Comment envisager une autre hypothèse? La porte était fermée à clef, et la clef se trouvait dans la poche de Norton. Les fenêtres étaient également barricadées. Je l'ai vu, hier soir, entrer dans sa chambre, et j'ai entendu la clef tourner dans la serrure.

— Vous l'avez-vu, dites-vous? Etes-vous certain que c'était lui?

— Naturellement. J'aurais reconnu n'importe où cette affreuse robe de chambre qu'il portait.

Poirot reprit soudain ses manières d'autrefois.

— Ah! mon ami, mais c'est un homme que vous voulez identifier : pas une robe de chambre. N'importe qui peut endosser une robe de chambre.

— Il est vrai, dis-je lentement que je n'ai pas vu son visage. Mais c'étaient bien ses cheveux ébouriffés, et puis... sa légère claudication...

— N'importe qui peut fairè semblant de boîter, Hastings.

Je le considérai d'un air ahuri.

— Prétendriez-vous que ce n'est pas Norton que j'ai vu?

— Je ne prétends rien de tel. Je suis simplement un peu chiffonné par les raisons que vous me donnez pour affirmer qu'il s'agissait de Norton. Ne croyez pas que je veuille un seul instant suggérer que ce n'était pas lui. Ç'aurait pu difficilement être quelqu'un d'autre, car tous les hommes qui sont ici sont beaucoup plus grands que lui. Il devait mesurer approximativement un mètre soixante-cinq. *Tout de même* (1), cela ressemble un peu à un tour de prestidigitation, n'est-ce pas? Il entre dans sa chambre, ferme la porte à clef derrière lui, glisse la clef dans sa poche et, quand on le retrouve mort, le lendemain, la clef est toujours dans sa poche.

— Vous ne croyez donc pas... qu'il se soit suicidé? Poirot secoua lentement la tête.

— Non, dit-il. Norton ne s'est pas suicidé, on l'a tué.

5

Je descendis, complètement désorienté. La chose était absolument inexplicable, et il faut sans doute

(1) En français dans le texte.

me pardonner de n'avoir pas compris, de n'avoir pas prévu le dénouement final. La raison en est que mon cerveau embrumé ne fonctionnait pas convenablement.

Et pourtant, tout était si logique! Norton avait été tué. Pourquoi? Certainement, me dis-je, pour l'empêcher de raconter ce qu'il avait vu.

Mais il s'était confié à quelqu'un! De sorte que ce quelqu'un était maintenant en danger, lui aussi. Non seulement en danger, mais incapable de se défendre.

J'aurais dû comprendre.

J'aurais du prévoir...

— *Cher ami!*(1) m'avait dit Poirot au moment où je quittais sa chambre.

Ce furent les dernières paroles qu'il m'adressa.

Et lorsque Curtis arriva, il trouva son maître mort...

(1) En français dans le texte.

CHAPITRE XVIII

1

Je souhaiterais ne pas avoir à écrire ce qui suit. Je voudrais même y penser le moins possible. Hercule Poirot était mort, et j'avais l'impression qu'avec lui disparaissait une partie de moi-même.

Je vais tout de même essayer de relater les faits. Sans la moindre fioriture. C'est tout ce que je me sens capable de faire.

Hercule Poirot est décédé, a-t-on dit, de mort naturelle. Plus précisément d'une crise cardiaque. C'était ainsi que le docteur Franklin s'attendait à le voir partir, et c'est sans nul doute le choc provoqué par la mort de Norton qui a déclenché l'attaque. Or, probablement à la suite de quelque oubli, les ampoules d'amylnitrate ne se trouvaient pas, semble-t-il, à portée de sa main.

Mais était-ce bien un oubli? Quelqu'un ne les avait-il pas enlevées délibérément? Pourtant, non. Il avait dû se passer autre chose, car nul ne pouvait prévoir que Poirot aurait ce jour-là une crise cardiaque. Je me refusais maintenant à croire à une mort naturelle. Hercule Poirot avait été tué. Comme

Norton. Comme Barbara Franklin. Mais j'ignorais *pourquoi* on les avait tués. J'ignorais *qui* les avait tués.

L'enquête sur la mort de Norton conclut à un suicide. Cependant le médecin légiste fit observer qu'il est inhabituel de se suicider en se tirant une balle exactement au milieu du front. C'était là le seul fait troublant, car tout le reste paraissait parfaitement clair : la porte fermée de l'intérieur, la clef dans la poche de la robe de chambre, les fenêtres soigneusement barricadées, le pistolet dans la main de Norton. Certes, ce dernier se plaignait souvent de maux de tête; d'autre part, il avait fait quelques placements qui s'étaient révélés désastreux et avait, de ce fait, subi des pertes importantes Mais c'étaient là des raisons un peu minces pour expliquer un suicide. Cependant, les tenants de la théorie du suicide étaient bien obligés de l'expliquer d'une manière ou d'une autre.

Apparemment, le pistolet appartenait à Norton. La femme de chambre l'avait aperçu à deux reprises sur la table de chevet de la chambre. Et voilà. Pour moi, il s'agissait encore d'un autre crime camouflé en suicide.

Dans le duel entre Poirot et X, c'était ce dernier qui avait remporté la victoire. Oui, mais qui était X? C'était maintenant à moi de jouer.

Je montai dans la chambre de Poirot et pris sa serviette de cuir. J'en avais parfaitement le droit, car je savais qu'il m'avait désigné comme exécuteur testamentaire. La clef de la serviette était suspendue à son cou.

De retour dans ma chambre, j'ouvris le porte-documents. Et j'éprouvai un choc.

Les cinq dossiers concernant les affaires dont

nous avions parlé avaient disparu. Je les avais encore aperçus l'avant-veille, à un moment où Poirot avait ouvert la serviette devant moi. Cette disparition était bien la preuve que le mystérieux criminel était intervenu, car il paraissait bien improbable que Poirot eût lui-même détruit ces documents.

X! Toujours ce maudit démon!

Cependant, la serviette n'était pas entièrement vide. Et je me rappelai la promesse de Poirot : je devais trouver certaines indications qui me conduiraient infailliblement à la vérité. Mais la serviette ne contenait que deux livres : une édition bon marché de l'*Othello* de Shakespeare et la pièce de St. John Ervine intitulée *John Fergueson.* Cette dernière portait un signet placé à un certain endroit du troisième acte.

Je considérai les deux ouvrages d'un air ébahi. Si c'étaient là les indices que Poirot m'avait laissés, ils ne m'apprenaient absolument rien. Que pouvaient-ils bien signifier? Je me dis ensuite qu'il devait exister un code quelconque basé sur ces deux pièces. Mais comment le découvrir? Il n'y avait pas un seul passage qui fût souligné, pas un mot, pas une lettre. J'essayai de chauffer légèrement les volumes devant un radiateur, mais évidemment sans le moindre résultat.

Je me mis à lire attentivement le troisième acte de *John Fergueson.* Il y a là un monologue saisissant, absolument admirable, du simple d'esprit Clutie John. Après quoi, le jeune Fergueson s'en va à la recherche de l'homme qui a déshonoré sa sœur. Une magistrale esquisse de caractères, certes; mais je ne pouvais guère penser que Poirot m'eût laissé cet ouvrage dans le simple but de parfaire ma culture littéraire.

Et puis, comme je tournais les pages du livre, un bout de papier s'en échappa et tomba au sol. Je le ramassai vivement. Quelle ne fût pas ma surprise d'y lire une phrase écrite de la main de mon vieil ami.

« Allez voir mon valet George. »

Enfin, quelque chose qui pouvait être un indice. Peut-être la clef du code — si code il y avait — était-elle entre les mains de George. Il me fallait trouver son adresse et lui rendre visite.

Mais auparavant, j'avais à accomplir la triste tâche d'enterrer mon vieil ami. C'était ici qu'il avait d'abord vécu après avoir posé la première fois le pied sur la terre d'Angleterre, et c'était ici qu'il allait maintenant reposer à jamais.

Au cours de ces tristes et pénibles journées, Judith fit preuve envers moi d'une infinie bonté, ne me quittant pratiquement pas, m'entourant de son affection et m'aidant à prendre les dispositions nécessaires. Elizabeth Cole et Boyd Carrington firent preuve, eux aussi, d'une profonde sympathie à mon égard. La jeune femme paraissait beaucoup moins affectée par la disparition de Norton que je ne l'aurais cru a priori et, si elle éprouvait du chagrin, elle l'enfermait en elle-même.

2

Tout était maintenant fini. Les obsèques venaient d'avoir lieu, et j'étais assis auprès de ma fille, essayant tristement d'esquisser quelques projets d'avenir.

— Mais papa, me dit-elle doucement, je ne serai pas ici, moi.

— Pas ici! Que veux-tu dire?

— Je ne serai plus en Angleterre.

Je la considérai d'un air stupéfait.

— Je ne voulais pas t'en parler plus tôt, papa, reprit Judith, car je ne tenais pas à te rendre les choses encore plus pénibles. Mais il faut bien que je te le dise, en fin de compte. J'espère que cela ne t'ennuiera pas trop. Je pars pour l'Afrique avec le docteur Franklin.

Je ne pus me contenir. Elle ne pouvait pas faire une pareille chose. Tout le monde allait se mettre à jaser. Etre l'assistante du docteur en Angleterre surtout pendant que la femme de ce dernier était encore en vie, c'était une chose; partir pour l'Afrique avec lui, c'en était une autre. C'était impossible, et je m'y opposerais par tous les moyens. Judith ne devait pas, ne pouvait pas agir ainsi.

Elle me laissa parler sans m'interrompre, puis me sourit doucement.

— Mais, mon cher papa, je ne pars pas comme assistante du docteur. Je vais devenir sa femme.

J'eus l'impression de recevoir un coup de massue entre les deux yeux.

— Mais alors... Al... Allerton? bégayai-je.

Judith eut l'air vaguement amusée.

— Il n'y a jamais rien eu entre nous. Je te l'aurais dit si tu ne m'avais pas tellement irritée avec tes soupçons. De plus, je voulais te laisser croire... eh bien, ce que tu as cru. Je ne tenais pas à ce que tu devines qu'il s'agissait de... John.

— Mais je t'ai vue embrasser Allerton, un soir, sur la terrasse.

— Oh! je sais. Je me sentais malheureuse, ce soir-là, désemparée... Ce sont des choses qui arrivent, tu dois le savoir.

— Tu ne peux pourtant pas épouser Franklin... si vite.

— Mais si. Je veux partir avec lui. Nous n'avons aucune raison d'attendre... maintenant.

Judith et Franklin. Franklin et Judith.

Peut-on comprendre les pensées qui m'ont assailli l'esprit à ce moment-là? Des pensées qui devaient se cacher au fond de mon subconscient depuis un certain temps.

Judith avec un flacon dans la main. Judith déclarant d'un ton passionné que les vies inutiles devraient s'effacer devant les autres. Les deux personnes que Norton avait vues étaient-elles Judith et Franklin? Mais dans ce cas... dans ce cas... Non, cela ne pouvait être. Pas Judith! Franklin, peut-être; c'était un homme apparemment dépourvu de sensibilité qui, s'il avait décidé de tuer, pouvait tuer à nouveau.

Poirot avait voulu consulter Franklin. Pourquoi? Que lui avait-il dit, ce matin-là? Mon vieil ami m'avait paru bizarre. Et quelle étrange résonance dans les paroles qu'il avait prononcées : « *Peut-être préférez-vous dire : 'Baissez le rideau'*. »

Et soudain, une nouvelle idée se présenta à mon esprit. Monstrueuse! Impossible! Toute l'histoire du mystérieux X n'était-elle qu'une invention? Poirot était-il venu à Styles parce qu'il redoutait un drame dans le ménage des Franklin? Etait-il venu pour surveiller Judith? Etait-ce pour cela qu'il n'avait rien voulu me dire? Parce que l'histoire de X n'était en réalité qu'un écran de fumée destiné à cacher le reste?

Judith, ma propre fille, était-elle donc le centre de toute la tragédie?

Othello! C'était *Othello* que j'avais pris dans la

bibliothèque, le soir où Mrs. Franklin était morte. Etait-ce là l'indice, la clef de l'énigme?

Judith! Ma ravissante Judith. Quelqu'un n'avait-il pas dit, un certain jour, qu'elle ressemblait à sa fameuse homonyme avant qu'elle ne tranchât la tête d'Holopherne?

CHAPITRE XIX

J'écris ces lignes à Eastbourne, où je suis venu voir l'ancien domestique de Poirot. George est resté de nombreuses années au service de mon vieil ami. C'est un garçon pratique et extrêmement compétent, bien que dépourvu d'imagination. Je lui appris la mort de Poirot, et il réagit exactement comme je m'y attendais : bien que profondément affecté par cette nouvelle, il s'efforçait de n'en rien laisser paraître.

— Il a laissé un message pour moi, n'est-ce pas? lui demandai-je ensuite.

— Pour vous, monsieur? Non, pas à ma connaissance.

Sa réponse me surprit. J'insistai, mais il fut absolument formel : Poirot ne lui avait laissé aucun message. Je dus capituler.

— Eh bien, j'ai dû me tromper. J'aurais souhaité vous savoir auprès de lui, à la fin.

— Je l'aurais bien voulu, moi aussi, monsieur.

— Mais évidemment, votre père étant malade, il vous fallait venir près de lui.

George me considéra d'un air ahuri.

— Je vous demande pardon, monsieur, mais je ne vous suis pas très bien.

— Vous avez dû quitter M. Poirot pour venir vous occuper de votre père, n'est-il pas vrai?

— Je ne tenais pas à le quitter, monsieur. C'est lui qui m'a éloigné.

— Eloigné? répétai-je sans comprendre.

— Je ne veux pas dire qu'il m'a renvoyé, non. Je devais reprendre un peu plus tard mon service auprès de lui. Mais je suis parti comme il le désirait. Il me versait d'ailleurs une rémunération fort convenable pendant que j'étais auprès de mon vieux père.

— Mais pourquoi cela, George?

— Je ne saurais le dire, monsieur.

— Ne le lui avez-vous pas demandé?

— Non, monsieur. Je ne me sentais pas autorisé à le faire, car M. Poirot avait ses idées à lui. C'était aussi un homme très intelligent et pour qui j'éprouvais un profond respect.

— Oui, bien sûr, murmurai-je d'un air distrait.

— Il était fort difficile pour ses vêtements, bien qu'il fût enclin à choisir toujours une coupe étrangère. Mais c'était compréhensible, puisqu'il était étranger. Et il y avait aussi ses cheveux et sa moustache, qui étaient l'objet de ses soins les plus attentifs.

— Ah! cette fameuse moustache!

Je me rappelais, non sans une certaine émotion, combien il en était fier.

— Il y tenait beaucoup, déclara George. Evidemment, elle n'était pas très à la mode, mais elle lui allait bien, si vous voyez ce que je veux dire.

— J'imagine qu'il la teignait, tout comme ses cheveux.

— Il la... ravivait un peu, si je puis ainsi m'exprimer, monsieur. Mais il ne touchait plus à ses cheveux depuis... plusieurs années...

— C'est impossible, voyons! Ils étaient encore d'un noir de jais. Ils avaient l'air si peu naturels que l'on aurait dit... euh... une perruque.

George toussota d'un air gêné.

— Excusez-moi, monsieur, mais *c'était* une perruque. M. Poirot avait perdu une bonne partie de ses cheveux au cours de ces dernières années; aussi avait-il adopté la perruque.

Je songeai combien il était étrange qu'un domestique en sût davantage sur son maître que le meilleur ami de celui-ci. Puis je revins à la question qui me préoccupait.

— Et vous n'avez vraiment pas la moindre idée de la raison qui avait pu pousser M. Poirot à vous éloigner de lui pendant un certain temps. Réfléchissez bien.

— Je ne puis m'imaginer qu'une seule chose, monsieur. Je suppose que c'était tout simplement parce qu'il voulait engager Curtiss.

— Curtiss? Mais pourquoi aurait-il souhaité l'engager?

George toussota à nouveau.

— Ma foi, monsieur, je ne saurais vraiment le dire. Pardonnez-moi ma franchise, mais la seule fois où j'ai vu Curtiss, il ne m'a pas paru être d'une intelligence particulière vive. Il était robuste, mais j'ai eu l'impression qu'il n'appartenait pas tout à fait au genre de domestique susceptible de plaire à M. Poirot. Je crois savoir qu'il a été, à une certaine époque, employé dans une maison de santé.

Je le considérai bouche bée.

Curtiss!

Etait-ce pour cela que Poirot avait refusé de se confier à moi? Curtiss, l'homme à qui je n'avais jamais pensé. Pas un seul instant. Oui, Poirot m'avait laissé chercher le mystérieux X parmi les hôtes de Styles tout en sachant qu'il ne se trouvait pas dans le nombre.

Curtiss!

Employé à une certaine époque dans une maison de santé. N'avais-je pas lu quelque part que les gens qui ont été traités dans ce genre d'établissements y restent parfois comme employés?

Un homme étrange à l'esprit obtus, qui avait pu tuer pour quelque obscure raison née dans son esprit déséquilibré.

Mais alors, dans ce cas...

Il me sembla qu'un nuage sombre s'éloignait de moi.

Curtiss?...

ÉPILOGUE

Note du capitaine Arthur Hastings.

Quatre mois après la mort de mon ami Hercule Poirot, j'ai reçu d'une firme d'hommes de loi une invitation à me rendre à leur étude. Là, selon les instructions laissées par leur client, on m'a remis une enveloppe cachetée contenant le manuscrit que je reproduis ci-dessous.

Manuscrit d'Hercule Poirot.

Mon cher Ami [1], Lorsque vous lirez ces lignes, je serai mort depuis quatre mois. J'ai d'abord hésité à vous écrire ce qui suit, puis il m'a paru indispensable de faire connaître à quelqu'un toute la vérité sur la seconde affaire de Styles. Je suppose que, au moment où vous lirez ceci, vous aurez échafaudé les théories les plus saugrenues et que vous vous serez même donné beaucoup de mal pour parvenir à ce résultat.

Mais laissez-moi vous dire, mon ami, que vous auriez dû découvrir facilement la vérité; car je m'étais arrangé pour vous fournir tous les indices qui devaient vous y conduire. Si vous ne l'avez pas découverte, cette vérité, c'est parce que vous avez

_____

(1) En français dans le texte.

toujours été — et vous êtes encore — d'un naturel trop confiant. *A la fin comme au commencement* (1).

Vous devriez au moins savoir qui a tué Norton, même si vous êtes encore dans le noir en ce qui concerne la mort de Barbara Franklin.

Mais reprenons au début. Je vous ai fait venir à Styles en vous disant que j'avais besoin de vous. C'était vrai. Je vous ai dit que vous deviez être mes yeux et mes oreilles. C'était encore vrai, mais peut-être pas dans le sens où vous avez pris mes paroles. Vous deviez voir ce que je désirais que vous voyiez, entendre ce que je désirais que vous entendiez.

Vous vous êtes plaint de mon manque de franchise dans la manière dont je vous ai exposé l'affaire. Certes, j'ai refusé de vous révéler l'identité de X. Mais je devais agir ainsi, bien que ce ne fût pas, là non plus, pour les raisons que je vous ai données. La raison véritable, vous n'allez pas tarder à la comprendre.

Je vous ai communiqué un résumé que j'avais rédigé de cinq affaires différentes. Je vous ai fait remarquer que, dans chacune d'elles, il semblait absolument évident que la personne accusée ou soupçonnée avait réellement commis le crime. Il n'y avait pas d'alternative. J'ai continué en mettant en relief le second fait important, à savoir que, dans chacun des cas, X s'était trouvé sur les lieux ou à proximité. Vous en avez immédiatement tiré une déduction qui, paradoxalement, était à la fois vraie et fausse. Vous avez pensé que X avait commis les crimes.

Mais, mon ami, les circonstances étaient telles que, dans chaque affaire — ou presque — *seule* la personne accusée du crime avait eu l'occasion de le

(1) En français dans le texte.

commettre. Dans ces conditions, comment expliquer la présence de X? Hormis une personne en rapport avec la police ou une firme d'hommes de loi véreux, il n'est pas naturel qu'un homme ou une femme se trouve impliqué dans cinq affaires différentes. Cela ne se produit pas, comprenez-vous? Jamais personne ne viendra vous dire en confidence : « Vous savez, j'ai personnellement connu cinq meurtriers. » Non, ce n'est pas possible. Nous nous trouvions en réalité devant un cas fort curieux de catalyse — une réaction entre deux substances qui ne se produit qu'en présence d'une troisième, laquelle ne joue apparemment aucun rôle et ne subit aucune modification. Voilà la situation. Lorsque X était présent, des crimes avaient lieu; mais il n'y prenait, lui, aucune part active.

C'était là une situation extraordinaire, absolument anormale. Et je me suis rendu compte que j'avais enfin rencontré, à la fin de ma carrière, le criminel parfait, celui qui avait mis au point une technique telle qu'*il ne pouvait jamais être reconnu coupable.*

C'était certes étonnant, mais point du tout nouveau. Il a existé des cas analogues. Et nous arrivons au premier des indices que je vous ai laissés. La pièce d'*Othello.* Nous avons là, magnifiquement campé, le modèle de X. Oui, Iago est le meurtrier parfait. La mort de Desdémone, celle de Cassio, celle d'Othello lui-même sont des crimes de Iago, projetés par lui. Et cependant, il reste en dehors de tout soupçon; du moins aurait-il pu le rester. Car votre grand Shakespeare, mon ami, se trouvait placé devant le dilemme que son art même avait dressé. Pour démasquer Iago, il a dû avoir recours au plus grossier des expédients — le mouchoir —, expédient qui n'est pas en accord avec la technique générale de Iago. C'est là une erreur dont on sent que ce dernier n'aurait pu se rendre coupable.

Oui, là se trouve la perfection dans l'art du meurtre. Pas un seul mot d'incitation *directe*. Iago retient constamment les autres sur le chemin de la violence, réfutant avec horreur des soupçons que nul n'avait jamais éprouvés avant qu'il ne les mentionnât lui-même.

La même technique se retrouve dans le remarquable troisième acte de *John Fergueson,* où le simple d'esprit Clutie John pousse les autres à tuer l'homme qu'il hait. C'est un magnifique travail de suggestion psychologique.

Il vous faut bien comprendre ceci, Hastings : *chacun de nous est un meurtrier en puissance.* En chacun de nous, se manifeste de temps à autre le *désir* de tuer; mais pas forcément la *volonté* de tuer. Combien de fois avez-vous entendu dire : « Elle m'a mis dans une telle rage que j'aurais été capable de la tuer! » — « J'aurais pu le tuer pour avoir prononcé de telles paroles! » — « J'étais tellement furieux que j'aurais pu lui tordre le cou! » Et toutes ces affirmations sont littéralement vraies. En de tels moments, votre esprit est parfaitement clair : vous aimeriez tuer tel ou tel individu. *Mais vous ne le faites pas,* parce que votre volonté n'approuve pas votre désir. Chez les jeunes enfants, ce frein n'agit pas toujours d'une façon parfaite. J'ai connu un petit garçon qui, agacé par son petit chat, s'écrie : « Tiens-toi tranquille, sinon je te flanque un coup sur la tête et je te tue! » Et il le fait. Pour se trouver l'instant d'après stupéfait, horrifié en se rendant compte que le chat est mort. Parce, voyez-vous, l'enfant aimait tendrement le petit animal.

Ainsi donc, nous sommes tous des meurtriers en puissance. Et l'art de X consistait non pas à suggérer le désir, mais à briser la résistance de la volonté. C'était là un art mis au point par une longue pratique. Il savait employer le mot exact, l'expression juste, l'intonation capable d'exercer une pression cumulative sur un point faible! Et cela se faisait sans que la victime s'en doutât jamais. Ce n'était pas de l'hypnotisme : l'hypnotisme n'aurait pas réussi. C'était quelque chose de plus insidieux, de plus redoutable : le rassemblement de toutes les forces d'un être humain pour élargir une brèche au lieu de la colmater.

Vous devriez le savoir, Hastings, car cela vous est arrivé. Peut-être commencez-vous à comprendre ce que signifiaient certaines de mes remarques qui vous avaient troublé. Lorsque je parlais d'un crime qui devait être commis, je ne faisais pas toujours allusion au même. Je vous ai dit que je me trouvais à Styles dans un but déterminé, parce qu'un meurtre y allait être commis. Et vous avez été tout étonné de me voir aussi sûr de moi. Mais je pouvais avoir une certitude, car le crime, voyez-vous, devait être commis par *moi-même*.

Oui, mon ami, c'est étrange. Et terrible, aussi. Moi qui désapprouve le meurtre, qui ai le plus grand respect pour la vie humaine, j'ai terminé ma carrière en commettant un meurtre. Peut-être est-ce parce que j'ai été trop hypocrite, trop conscient de ma droiture que je me suis trouvé finalement placé en face de ce terrible dilemme. Car, voyez-vous, Hastings, il y a toujours le pour et le contre. Ma tâche, dans la vie, a consisté à sauver l'innocent, à *prévenir le meurtre;* et cela, je ne pouvais le faire que d'une seule manière. Car — ne vous y trompez pas — X ne pouvait être appréhendé par la loi. Il était à l'abri. Je n'ai pu imaginer aucune autre façon d'assurer sa défaite et de le mettre définitivement hors d'état de nuire.

Et pourtant, j'ai hésité. Je voyais clairement ce qu'il fallait faire, mais je ne pouvais m'y résoudre. J'étais semblable à Hamlet : je différais toujours l'heure du châtiment. Et puis a eu lieu une autre tentative : sur la personne de Mrs. Luttrell.

J'étais curieux, Hastings, de voir si votre flair bien connu pour ce qui est évident se manifesterait encore cette fois. Et ça a marché : votre première réaction a été de soupçonner vaguement Norton. Vous aviez vu clair : Norton était bien notre homme. Vous n'aviez aucune preuve pour étayer votre hypothèse, hormis votre remarque — sensée mais un peu timide — que l'homme était insignifiant. Pourtant, vous étiez, à cet instant, fort proche de la vérité.

J'ai étudié avec soin l'histoire de sa vie. Il était l'unique enfant d'une femme autoritaire et dominatrice, et il semble qu'à aucun moment, il n'ait eu la possibilité de s'affirmer, d'imposer sa personnalité à quiconque. Il était affecté d'une légère claudication, et déjà à l'école, il était trop handicapé pour prendre part aux jeux de ses camarades.

Une des choses les plus significatives que vous m'ayez rapportées, c'est le fait qu'on s'était moqué de lui au lycée parce qu'il avait eu la nausée à la vue d'un lapin écorché. Je crois que cet incident a laissé en lui une impression profonde. Il détestait le sang et la violence, et son prestige en souffrait. Inconsciemment, il attendait de pouvoir s'affirmer, se venger en faisant preuve de hardiesse et même de cruauté.

J'imagine qu'il a commencé très jeune à découvrir

sa faculté d'influencer les autres. Il savait écouter calmement, attirait la sympathie, et les gens l'appréciaient sans toutefois prêter grande attention à lui. Cela le vexait, mais il en tirait avantage. Il se rendait compte qu'il était ridiculement facile, en employant les mots adéquats et en donnant les impulsions correctes, d'influencer ses semblables. La seule chose nécessaire, c'était de les comprendre, de pénétrer leurs pensées, de prévoir leurs réactions secrètes et leurs désirs inavoués.

Vous rendez-vous compte, Hastings, à quel point une telle découverte pouvait lui procurer une sensation de puissance? Lui, Stephen Norton, que tout le monde aimait et méprisait en même temps, était capable de faire accomplir aux autres des actes qu'ils ne voulaient pas faire ou — remarquez bien la nuance — qu'ils *croyaient* ne pas vouloir faire.

Je puis me le représenter en train de pratiquer sa marotte, puis acquérant peu à peu le goût morbide de la violence par personne interposée; cette violence pour laquelle il manquait de force physique, ce qui lui avait valu autrefois d'être tourné en dérision.

Et cette marotte grandit sans cesse jusqu'à devenir une passion, une nécessité. C'était une véritable drogue dont il avait un besoin irrésistible, exactement comme s'il se fût agi de morphine ou d'héroïne. Norton, cet homme au tempérament doux, était un sadique caché, un passionné de la douleur, de la torture mentale. *Et l'appétit vient en mangeant* (1).

Lui, Norton, détenait les clefs de la vie et de la mort. De même qu'un toxicomane, il devait se procurer sa ration de drogue, trouver une victime après

(1) En français dans le texte.

232

l'autre. Je suis convaincu qu'il y a eu bien d'autres cas, en plus des cinq que je suis parvenu à connaître. Et dans chaque affaire, il a joué le même rôle. Il connaissait Etherington. Il a passé tout l'été dans le village où habitait Riggs, avec qui il buvait parfois un verre au pub. Au cours d'une croisière, il a fait la connaissance de Freda Clay et, sans en avoir l'air, l'a persuadée que si sa tante venait à mourir, ce serait une bonne chose : une délivrance pour la vieille dame et une vie d'aisance et de plaisir pour elle-même. C'était aussi un ami de Litchfield, et lorsqu'il parlait à Margaret, elle devait se voir sous les traits d'une héroïne délivrant ses sœurs de leur esclavage. Je suis convaincu, Hastings, qu'aucune de ces personnes n'aurait commis de crime, n'eût été l'influence de Norton.

Et nous en arrivons maintenant aux événements de Styles. J'étais sur la piste de Norton depuis un certain temps. Et lorsqu'il fit la connaissance de Franklin, je flairai aussitôt le danger. Vous devez bien comprendre qu'il lui fallait une base de travail, si je puis ainsi m'exprimer. On ne fait croître une plante que s'il existe une semence. Par exemple, j'ai toujours été persuadé que, dans l'esprit d'Othello, existait déjà la conviction — peut-être exacte, d'ailleurs — que l'amour que lui portait Desdémone était l'adoration passionnée et excessive d'une jeune fille pour un guerrier fameux plutôt que l'amour pondéré d'une femme pour un homme en tant qu'homme. Il se peut qu'il ait compris que Cassio était, en somme, le compagnon rêvé de Desdémone et que celle-ci, en temps voulu, s'en rendrait compte elle-même.

Les Franklin présentaient pour Norton des possibilités fort intéressantes. Toutes sortes de possibilités, à vrai dire. Vous avez dû comprendre maintenant, Hastings, ce qu'une personne douée d'un solide bon sens aurait vu dès le début, à savoir que Franklin et votre fille étaient épris l'un de l'autre. La brusquerie du docteur, l'habitude qu'il avait de ne jamais regarder Judith, de laisser de côté toute courtoisie à son égard, tout cela aurait dû vous montrer qu'il était épris de votre fille. Mais c'est un homme d'une grande force de caractère et aussi d'une grande droiture. Il parle peut-être d'une manière brutale, mais il a des principes bien arrêtés. Pour lui, un homme reste fidèle à l'épouse qu'il a choisie.

Judith de son côté, était éperdument et désespérément amoureuse de lui. J'aurais cru que vous vous en seriez aperçu, et elle avait elle-même cru que vous aviez compris le jour où vous l'avez trouvée dans la roseraie. D'où son accès de mauvaise humeur. Un caractère comme le sien ne saurait supporter les manifestations de pitié ou de sympathie. C'est un peu comme si on touchait une plaie à vif.

Puis elle a compris que vous la croyiez éprise d'Allerton, et elle ne vous a pas détrompé, voulant ainsi se protéger contre une autre manifestation de sympathie qui lui eût été douloureuse. Elle flirtait avec Allerton, comme pour chercher dans ce jeu une sorte de consolation désespérée, tout en sachant fort bien à quel genre d'individu elle avait affaire. Il l'amusait et la distrayait, mais elle n'a jamais éprouvé pour lui le moindre sentiment.

Norton, naturellement, savait à quoi s'en tenir, et il avait entrevu les possibilités que pouvait lui procurer cette situation. Je pense qu'il a d'abord essayé son pouvoir sur Franklin, mais qu'il a essuyé un échec complet. Le docteur appartient au seul type d'homme parfaitement inaccessible à l'insidieuse influence d'un Norton. Il possède un esprit extrêmement lucide, une connaissance précise de sa sensibilité et un souverain mépris pour les pressions extérieures. De plus, la grande passion de sa vie, c'est son travail. Et ce dernier fait le rend encore moins vulnérable.

Avec Judith, Norton a beaucoup mieux réussi, en jouant très habilement sur le thème des vies inutiles. C'était pour elle un article de foi, et il s'est montré d'une habileté consommée, affectant de soutenir la thèse opposée et déclarant calmement que Judith n'aurait jamais le cran de mettre ses théories en pratique. « C'est le genre de théories que l'on entretient quand on est jeune, mais que l'on ne met pas en pratique. » Sarcasme facile et usé, mais qui produit souvent l'effet recherché. Ces enfants sont tellement vulnérables! Et si prompts à prendre un risque sans même s'en rendre compte!

Et, l'inutile Barbara éliminée, la voie sera libre pour Franklin et Judith. Cela n'a jamais été dit, n'est jamais apparu au grand jour. On a insinué que le point de vue personnel n'avait rien à voir dans l'affaire, car, si Judith s'était doutée du contraire elle aurait réagi violemment. Mais pour un adepte du meurtre aussi confirmé que l'était Norton, une seule affaire n'était pas suffisante. Il a cherché ailleurs une autre occasion d'exercer ses talents, et il a trouvé les Luttrell.

Reportez-vous en arrière, Hastings, et rappelez-vous le bridge auquel vous avez pris part le soir de votre arrivée. Les remarques faites par Norton après la partie étaient exprimées à voix si haute que vous avez craint que le colonel ne les entendît. Mais c'était voulu : Luttrell *devait* les entendre! Norton ne perdait jamais une occasion de souligner le comportement de Mrs. Luttrell, d'y insister adroitement sans en avoir l'air. Et, finalement, ses efforts ont été couronnés de succès. Cela s'est passé sous votre nez, Hastings, et vous ne vous en êtes pas aperçu. Les bases de l'affaire étaient déjà jetées : sentiment du fardeau porté par le colonel, honte de la piètre figure qu'il faisait en présence des autres, ressentiment envers sa femme.

Rappelez-vous exactement ce qui s'est passé. Norton déclare qu'il a soif. Savait-il que Mrs. Luttrell se trouvait dans les parages et ne manquerait pas d'entrer en scène? C'est probable. Le colonel réagit immédiatement, en hôte généreux qu'il est par nature. Il offre une tournée et part chercher une bouteille. Vous êtes tous assis à proximité de la porte-fenêtre. Sa femme entre dans la salle à manger, et il se produit l'inévitable scène. Luttrell se rend évidemment compte que vous avez entendu. Il revient sur la terrasse. On aurait pu trouver le moyen de minimiser l'incident. Boyd Carrington, par exemple, aurait parfaitement pu le faire, car il possède une certaine dose de bon sens et ne manque pas de tact, bien que ce soit par ailleurs un des êtres les plus pompeux et les plus insupportables que j'aie jamais rencontrés. Exactement le genre d'homme que vous pouvez admirer, Hastings. Vous-même auriez pu intervenir utilement. Mais Norton se met aussitôt à parler et parvient, toujours sans avoir l'air d'y toucher, à envenimer la situation. Il commence par évoquer le bridge — ce qui rappelle à Luttrell certaines humiliations —, puis il mentionne des accidents de chasse. Alors, toujours prompt à la réplique, cet âne de Boyd Carrington s'embarque lui aussi dans une histoire d'ordonnance irlandais qui tue son frère. Une histoire, Hastings, *que Norton lui-même lui avait racontée* en sachant fort bien que cet imbécile la reprendrait à son compte au moment où on l'y inciterait adroitement. De sorte que la suggestion finale *ne viendra pas de Norton.*

Tout est donc prêt. Et on parvient au point de rupture. Humilié en présence d'autres hommes, souffrant de les savoir convaincus qu'il n'a pas assez de cran pour réagir, qu'il encaisse avec servilité toutes les brimades, il entrevoit un moyen d'évasion. La carabine — les accidents de chasse — l'homme qui a tué son frère. Et soudain, au fond du jardin, derrière les arbres, apparaît la tête de sa femme... Aucun risque... Un accident... Je vais leur montrer ce dont je suis capable... Je vais lui montrer, à elle!... Je voudrais la voir morte... Et *elle le sera!*

Mais il ne l'a pas tuée. Je suis persuadé que, au moment de tirer, il a manqué sa cible parce que, instinctivement, *il voulait la manquer.* Et aussitôt, le charme funeste est brisé. Car, en dépit de tout, Daisy est sa femme, et il l'aime.

Un des crimes que Norton n'a pas réussis.

Mais sa tentative suivante! Vous rendez-vous compte, Hastings, que c'était vous qui étiez visé? Revenez en arrière, rappelez-vous, mon très cher et honnête ami. Norton avait découvert tous vos points faibles, mais aussi toutes vos qualités d'honnêteté et de conscience.

Allerton est le genre d'homme que vous détestez et redoutez instinctivement. Et tout ce que vous pensiez de lui, tout ce que vous aviez appris était strictement vrai. Norton vous raconte alors une autre histoire, véridique elle aussi, autant que j'aie pu le savoir, bien que la jeune fille en question fût quelque peu névrosée.

Cette histoire frappe vivement votre esprit conventionnel et un peu vieux jeu. Cet homme, c'est le vilain, le traître, l'infâme séducteur qui déshonore les jeunes filles et les accule au suicide! D'autre part, Norton incite Boyd Carrington a vous parler, lui aussi, de Judith. Et vous vous sentez obligé d'avoir une explication avec votre fille. Celle-ci, ainsi que vous auriez pu le prévoir, réplique immédiatement qu'elle conduira sa vie à sa guise. Cette réponse vous fait envisager le pire.

Considérez à présent les différents claviers sur lesquels joue l'habile Norton : votre amour pour votre fille; le sentiment de responsabilité qu'un homme tel que vous éprouve à l'égard de ses enfants. « Il faut que j'agisse, vous dites-vous. Tout dépend de moi. » Il y a aussi votre impression d'abandon et de solitude, provenant du fait que vous ne pouvez plus compter sur le jugement sain et équilibré de votre femme. Et n'oublions pas votre loyauté envers elle. Vous ne voulez pas faillir à la tâche qu'elle vous a laissée. Enfin, sur un plan moins élevé, il y a votre vanité et le fait que vous pensez avoir appris de moi tous les trucs du métier. Ajoutons, si vous le voulez, cette jalousie instinctive et irraisonnée qu'éprouvent la plupart des hommes envers celui qui leur enlève leur fille. Oui, Norton a joué comme un véritable virtuose. Et vous avez marché.

Voyez-vous, Hastings, vous attachez toujours trop d'importance à l'apparence des choses. Vous avez admis sans réfléchir que c'était à Judith qu'Allerton donnait rendez-vous à Londres pour le lendemain. Mais vous ne l'aviez pas vue, elle. Vous ne l'aviez même pas entendue. Pourtant, le lendemain matin encore, vous étiez persuadé avoir tiré les conclusions correctes de ce que vous aviez surpris. Et vous vous êtes réjoui en vous disant que Judith avait changé d'idée.

Mais si vous vous étiez donné la peine d'examiner les faits, vous auriez découverts sur-le-champ qu'il n'avait jamais été question que Judith s'absentât ce jour-là. Et vous avez également manqué de faire une autre constatation fort simple : il y avait quelqu'un qui devait s'absenter pour la journée; une personne qui, ensuite, a été furieuse de n'avoir pu partir. C'était l'infirmière, Miss Craven. Eh oui! Allerton n'est pas homme à se limiter à la poursuite d'une seule femme. Ses relations avec Miss Craven étaient allées beaucoup plus loin que son simple flirt avec Judith. Et c'était à elle qu'il avait donné rendez-vous!

Encore une manœuvre de Norton. Vous voyez Allerton embrasser Judith. Norton vous incite alors à tourner l'angle de la maison, car il sait qu'Allerton a rendez-vous avec Miss Craven près de la serre. Après avoir fait semblant de vous retenir, il vous laisse aller. Mais il vous suit. Il comprend que la phrase que vous venez d'entendre prononcer par Allerton est pour lui une véritable aubaine et qu'elle ne peut que favoriser ses plans. Aussi vous entraîne-t-il rapidement avant que vous n'ayez pu vous rendre compte que la femme qui se trouve là n'est pas Judith.

Oui, un véritable virtuose! Et votre réaction est immédiate : vous décidez de tuer Allerton. Heureusement, vous avez un ami dont le cerveau fonctionne encore parfaitement. Et pas seulement le cerveau, ainsi que vous allez le voir.

J'ai déclaré au début de cet exposé que si vous

n'étiez pas parvenu à la vérité, c'était parce que vous êtes d'une nature trop confiante. Vous croyez ce que l'on vous dit. Et vous avez cru ce que, *moi,* je vous ai dit.

Pourtant, il vous était facile de découvrir la vérité. J'avais renvoyé George chez lui. Pourquoi? Je l'avais remplacé par un domestique moins expérimenté et, de toute évidence, moins intelligent. Pourquoi? Je n'étais suivi par aucun médecin, moi qui ai toujours tellement pris soin de ma santé, et je ne voulais pas entendre parler d'en consulter un. Pourquoi?

Voyez-vous maintenant pour quelle raison votre présence à Styles m'était nécessaire? Il me fallait quelqu'un *qui acceptât comme parole d'évangile tout ce que je lui dirais.* Vous avez admis sans sourciller mon affirmation selon laquelle j'étais revenu d'Egypte aussi malade que j'étais parti. C'était faux : je suis rentré en Angleterre en bien meilleure condition. Vous auriez pu le découvrir si vous vous en étiez donné la peine. Mais non : vous m'avez cru. Si je me suis séparé de George, c'est tout simplement parce que je n'aurais pu le convaincre que j'avais soudain perdu l'usage de mes jambes. Il a l'œil, George, et il aurait tout de suite compris que je jouais la comédie. Comprenez-vous, Hastings? Alors que je feignais d'être invalide et que je trompais tout le monde, y compris Curtiss, je pouvais parfaitement me déplacer. En boîtant légèrement.

Ce fameux soir, je vous ai entendu monter, puis entrer — après un instant d'hésitation — dans la chambre d'Allerton. Et j'ai été aussitôt sur le qui-vive, car j'étais déjà fort préoccupé par votre état d'esprit. J'étais seul, Curtiss étant descendu souper. Sans perdre une seconde, je me suis glissé hors de ma chambre et j'ai traversé le couloir. Je vous ai entendu dans la salle de bains d'Allerton et — utilisant ce stratagème que vous désapprouvez tellement — je suis allé me mettre à genoux pour regarder par le trou de la serrure. Fort heureusement, il n'y avait pas de clef pour me gêner. Et je vous ai vu. J'ai vu votre petite manipulation. Naturellement, j'ai aussitôt compris l'idée que vous aviez en tête.

Il ne me restait plus qu'à agir. J'ai regagné ma chambre et fait mes préparatifs. Lorsque Curtiss est remonté, je l'ai envoyé vous chercher. Vous êtes entré en bâillant, prétendant que vous aviez mal à la tête. J'ai fait immédiatement un tas d'histoires, vous ai proposé des médicaments et, pour avoir la paix, vous avez consenti à boire une tasse de chocolat bien sucré. Vous l'avez avalée d'un trait, car vous aviez hâte de vous retirer. *Seulement, moi aussi, j'utilise des comprimés de somnifère!*

De retour dans votre chambre, vous vous êtes endormi dans votre fauteuil. Quand vous vous êtes réveillé, le lendemain matin, vous aviez retrouvé votre lucidité et vous avez été horrifié parce que vous aviez failli faire. Vous ne risquiez désormais plus rien, car on ne tente pas ce genre de chose deux fois quand on a retrouvé son bon sens.

Mais cela m'a décidé, *moi*. Car tout ce que je pouvais savoir des autres ne s'appliquait pas à vous, Hastings. Vous n'êtes pas un meurtrier! Et pourtant, vous auriez pu être condamné pour un meurtre perpétré par un tiers, lequel aurait été absolument innocent aux yeux de la loi. Vous, mon brave Hastings, si droit, si honnête, si consciencieux, si honorable. Et tellement innocent!

Oui, il me fallait agir. Je n'ignorais pas que j'avais peu de temps devant moi et, au fond, je m'en réjouissais. Car ce qu'il y a de plus pénible, de plus éprouvant dans un meurtre, Hastings, c'est son effet sur le meurtrier. Moi, Hercule Poirot, j'aurais pu en arriver à me croire désigné par Dieu pour condamner les autres. Heureusement, cela ne se produirait pas : car, pour moi aussi, la fin allait venir sans tarder. Mais je craignais que Norton ne réussît encore un de ses tours machiavéliques en s'attaquant à une personne qui nous est infiniment chère, à vous et à moi. Je veux parler de votre fille.

Et maintenant, nous en arrivons à la mort de Barbara Franklin. Quelles qu'aient pu être vos idées sur cette affaire, je ne crois pas que vous ayez un seul instant soupçonné la vérité. Car, voyez-vous, Hastings, c'est *vous* qui avez tué Barbara. Mais oui, vous!

Il y avait, en effet, un autre aspect du triangle. Un aspect auquel, jusque là, je n'avais pas suffisamment prêté attention. Ni vous ni moi n'avions décelé les manœuvres de Norton dans cette direction. Pourtant, je ne doute pas qu'il les ait mises en pratique.

Vous êtes-vous jamais demandé, Hastings, pourquoi Mrs. Franklin était désireuse de venir à Styles? Si vous y réfléchissez une seconde, vous reconnaîtrez que ce n'est pas du tout le lieu où l'on aurait pu s'attendre à la rencontrer. Elle aimait le confort, la cuisine raffinée et, par-dessus tout, les mondanités. Or, Styles n'est pas un endroit particulièrement gai, et le service est loin d'y être parfait. Cependant, c'était elle qui avait insisté pour y venir passer l'été. Mais, comme je le disais plus haut, il existait un autre aspect du triangle : c'était Boyd Carrington.

Mrs. Franklin était une femme déçue, et c'était là l'origine et la cause de sa névrose. Elle avait de l'ambition sur le plan social et aussi sur le plan financier. Elle avait épousé Franklin parce qu'elle espérait qu'il aurait une carrière brillante. Certes, il était brillant, à sa façon; mais pas comme sa femme l'aurait souhaité. Son intelligence ne lui vaudrait jamais ni les honneurs de la grande presse ni un cabinet dans Harley Street (1). Il ne serait connu que d'une demi-douzaine de confrères et ne publierait d'articles que dans des revues savantes que personne ne lit. Le monde n'entendrait pratiquement jamais parler de lui, et il ne parviendrait jamais à la richesse.

Mais voici Boyd Carrington, retour d'Orient, qui vient d'hériter un titre de baronnet, un vaste domaine et une grosse fortune. Il a toujours gardé au fond du cœur un tendre sentiment à l'égard de la petite fille de dix-sept ans dont, autrefois, il a failli demander la main. Il compte passer l'été à Styles — en attendant que soient terminés les travaux entrepris à Knatton —, et il suggère aux Franklin de venir, eux aussi, à Styles. Barbara ne se fait pas prier.

De tout évidence, elle n'a rien perdu de son ancien charme aux yeux de cet homme riche et encore fort attrayant. Seulement, il est un peu vieux jeu, et ce n'est pas lui qui lui suggérera de divorcer. John Franklin, lui non plus, n'admet pas le divorce. Mais s'il venait à mourir, alors Barbara pourrait devenir Lady Boyd Carrington. Quelle existence merveilleuse ce serait pour elle!

Et j'imagine que Norton a trouvé en elle un instrument facile à manœuvrer.

Quand on y réfléchit, Hastings, c'était vraiment trop flagrant. Songez aux premières tentatives de Mrs. Franklin pour essayer de prouver combien elle tenait à son mari. Elle a même un peu chargé son

(1) Rue de Londres où résident la plupart des grands médecins spécialistes de la capitale (N. du T.)

243

rôle en parlant d'en finir parce qu'elle était pour lui
« un boulet qu'il devait traîner ». Un peu plus tard,
elle adopte une autre tactique : elle affecte de
craindre que son mari n'expérimente ses drogues
sur lui-même.

Oui, nous aurions dû y voir clair, Hastings! Elle
nous préparait à voir Franklin empoisonné par la
physostigmine. Il n'était pas question que quelqu'un
cherchât à l'empoisonner. Oh non! Il ne s'agirait que
d'expériences scientifiques. Il absorberait l'alcaloïde
« inoffensif » mais qui, en fin de compte, se révéle-
rait mortel.

Seulement, les événements se précipitaient. Vous
m'avez appris combien Mrs. Franklin avait été
mécontente de voir Boyd Carrington, au retour de
leur promenade à Knatton, se faire dire la bonne
aventure par Miss Craven. L'infirmière était une
jeune femme fort attrayante et qui avait l'œil quand
il s'agissait des hommes. Elle avait fait une tentative
auprès du docteur Franklin, mais sans succès. D'où
son aversion pour Judith. Elle flirte ensuite avec
Allerton, tout en sachant fort bien qu'il n'est pas
sérieux. Et il était inévitable qu'elle tournât finalement ses regards vers le riche Sir William, qui est
encore fort bel homme. Or, celui-ci n'était peut-être
que trop disposé à se laisser séduire; car il avait déjà
remarqué — souvenez-vous-en — la jeune fille saine
et bien plantée qu'est l'infirmière.

C'est pourquoi Barbara prend peur et décide
d'agir vite. Plut tôt elle sera une ravissante et pathétique veuve toute disposée à se laisser consoler,
mieux cela vaudra.

Ainsi donc, après sa nervosité de la matinée, elle
plante le décor de la pièce.

Savez-vous, mon ami, que j'éprouve un certain

respect pour la fève de Calabar? Car, cette fois, elle a réellement montré son pouvoir : épargnant l'innocent et châtiant le coupable.

Ce soir-là, Mrs. Franklin vous invite tous à monter prendre le café dans sa chambre, et elle se met à préparer le breuvage en faisant un tas de chichis. D'après ce que vous m'avez dit, sa tasse se trouve à côté d'elle, celle de son mari de l'autre côté de la petite bibliothèque.

Puis il y a l'intermède des étoiles filantes. Tout le monde passe sur le balcon. Vous seul restez avec vos mots croisés et vos souvenirs. Et, afin de cacher votre émotion, vous faites tourner la bibliothèque pour chercher une citation de Shakespeare.

Les autres rentrent, et Mrs. Franklin avale le café qui était destiné à son mari, tandis que celui-ci boit la tasse que devait déguster l'habile Barbara.

J'ai tout de suite compris ce qui s'était passé, mais il m'était impossible de le prouver. Or, si on venait à penser que la mort de Mrs. Franklin était autre chose qu'un suicide, les soupçons tomberaient inévitablement sur Franklin et Judith. C'est-à-dire sur deux personnes qui étaient absolument innocentes.

Aussi ai-je fait ce que j'ai cru avoir le droit de faire en racontant l'histoire du flacon « vu » entre les mains de Mrs. Franklin et en répétant ses déclarations — fort peu convaincantes, je le reconnais — sur son intention de mettre fin à ses jours.

J'étais probablement la seule personne à pouvoir agir ainsi, car j'ai une longue expérience en matière criminelle, et mon témoignage avait forcément du poids. Si, au moment de l'enquête, je parais convaincu, moi, qu'il y a eu suicide, la thèse du suicide sera acceptée. J'ai bien vu que vous étiez troublé et peu satisfait par le verdict. Mais, Dieu merci, vous n'aviez pas soupçonné le véritable danger. Y songeriez-vous après ma disparition? Hanterait-il votre esprit, comme un serpent qui, de temps à autre, lèverait la tête pour insinuer : « Et si Judith... »

Ce ne serait pas impossible. Et c'est pourquoi je me suis décidé à écrire ceci. Parce qu'il est indispensable que vous connaissiez la vérité.

Il y avait aussi une autre personne à ne pas être satisfaite du verdict de suicide : c'était Norton. Car il se sentait frustré. Comme je l'ai expliqué plus haut, c'était un sadique, qui aurait voulu jouir de toute la gamme d'émotions, de soupçons, de craintes, de frayeurs qu'il escomptait, qu'il aurait voulu déceler sur les visages après un verdict de meurtre. Il était privé de tout cela. Le crime qu'il avait arrangé avait avorté sous ses yeux.

Pourtant, il ne tarde pas à voir ce qu'on pourrait appeler une compensation, une façon de se rattraper. Et il se met à faire certaines insinuations. Quelques jours plus tôt, il avait feint d'apercevoir quelque chose d'inhabituel à travers ses jumelles. Il avait alors l'intention de laisser supposer qu'il avait aperçu Allerton et Judith dans une attitude compromettante. Mais, n'ayant rien précisé, il peut ensuite utiliser cet incident d'une façon différente. Supposez, par exemple, qu'il déclare avoir vu *Franklin* en compagnie de Judith. Cela mettra en évidence un autre aspect — fort intéressant — de la mort de Barbara. Cela pourra même jeter des doutes sur la réalité du suicide.

C'est pourquoi, mon ami, j'ai résolu d'agir sans délai et vous ai demandé de m'amener Norton ce soir-là.

Je vais maintenant vous conter ce qui s'est passé exactement. Norton aurait sans nul doute été ravi de me débiter sa petite histoire arrangée selon son goût. Je ne lui en ai pas laissé le temps. Je lui ai dit aussitôt, clairement et avec précision, tout ce que je savais de lui et de ses agissements. Il n'a rien nié. Il est resté calmement assis dans son fauteuil en souriant d'un air suffisant. Oui, mon cher, en souriant. Il m'a ensuite demandé ce que je comptais faire? Je lui ai répondu du tac au tac que je me proposais de l'exécuter.

— Ah! s'est-il écrié. L'épée ou la coupe de poison?

A ce moment-là, nous étions sur le point de boire une tasse de chocolat. Car il ne détestait pas les douceurs, Mr. Norton.

— Le plus simple, lui ai-je répondu, serait la coupe de poison, évidemment.

Et je lui ai tendu la tasse de chocolat que je venais de remplir.

— Dans ce cas, est-ce que ça vous ennuierait que je prenne votre tasse au lieu de la mienne? m'a-t-il demandé.

— Pas le moins du monde, lui ai-je répondu.

C'était, en effet, sans aucune importance. Ainsi que je vous l'ai déjà dit, j'use, moi aussi, de comprimés de somnifère. Seulement, comme j'en prends tous les soirs depuis fort longtemps, mon organisme a acquis une certaine accoutumance; et une dose capable d'endormir Norton ne pouvait avoir que peu d'effet sur moi. La drogue se trouvait dans le pot de chocolat, et nous en avons absorbé tous les deux. Celle de Norton a agi en temps voulu; la mienne, très peu, d'autant que je l'ai neutralisée par une dose de mon tonique à la stychnine.

Et nous voici parvenus au dernier chapitre. Norton endormi, je l'ai placé dans mon fauteuil, que j'ai roulé jusque dans l'embrasure de la fenêtre, à son endroit habituel derrière les doubles rideaux. Curtiss est ensuite venu me mettre au lit. Quand tout a été calme, je me suis relevé et ai roulé Norton jusque dans sa chambre. Il ne me restait plus qu'à profiter des yeux et des oreilles de mon excellent ami Hastings.

Vous ne vous en êtes peut-être pas aperçu, mais je porte une perruque depuis plusieurs années. Et vous vous êtes encore moins rendu compte, j'en suis certain, que ma moustache est également fausse. (George lui-même ignore ce dernier détail). En effet, j'ai feint de la brûler accidentellement peu après l'arrivée de Curtiss, et j'en ai fait exécuter une réplique exacte par mon coiffeur.

J'ai donc endossé la robe de chambre très caractéristique de Norton, j'ai ébouriffé mes cheveux comme il avait l'habitude de le faire, et j'ai longé le couloir pour aller frapper à votre porte. Ainsi que je m'y attendais, vous êtes bientôt apparu sur le seuil, les yeux bouffis de sommeil. Vous avez vu Norton sortir de la salle de bains et traverser le couloir en boitillant pour gagner sa chambre. La porte refermée sur lui, vous avez perçu le bruit de la clef tournant dans la serrure.

Je me suis alors débarrassé de la robe de chambre et l'ai enfilée à Norton endormi. Après quoi, j'ai étendu notre homme sur son lit et je l'ai exécuté à l'aide d'un petit pistolet dont j'avais autrefois fait l'acquisition à l'étranger. Depuis mon arrivée à Styles, j'avais gardé cette arme sous clef, sauf en deux occasions où, alors que je savais Norton sorti pour une de ses longues promenades, je l'avais placée ostensiblement sur sa table de chevet, afin que la femme de chambre pût la remarquer et en témoigner plus tard.

Ensuite, j'ai glissé la clef dans la poche de Norton, j'ai repris mon fauteuil roulant, et j'ai refermé la porte au moyen du double de la clef qui était en ma possession depuis un certain temps.

Depuis ce moment, je suis occupé à rédiger cet exposé qui vous est destiné. Je suis très fatigué : les efforts que j'ai dû fournir m'ont littéralement éreinté, et je crois qu'il ne s'écoulera plus bien longtemps avant que...

Il y a cependant encore un ou deux détails que je voudrais préciser.

Les meurtres de Norton étaient des crimes parfaits; le mien ne l'est pas, parce que je ne voulais pas qu'il le fût.

La manière la plus facile et la meilleure de l'exécuter eût été de le faire ouvertement, par exemple en simulant un accident avec mon petit automatique. J'aurais ensuite feint la consternation, le regret, et chacun aurait murmuré : « Il était complètement gaga, le pauvre vieux; il ne savait même pas que le revolver était chargé. »

Je n'ai pas voulu agir ainsi, et je vais vous dire pourquoi.

Parce que j'ai voulu être « sport », Hastings.

Mais oui, vous avez bien lu. Je fais en ce moment tout ce que vous m'avez si souvent reproché de ne pas faire : je joue franc jeu avec vous. Je vous en donne pour votre argent : vous aviez *tous les atouts en main* pour découvrir la vérité. Pour le cas où vous en douteriez, je vais vous énumérer les indices que je vous ai laissés.

Vous savez, car *je vous l'ai dit,* que Norton est

arrivé ici *après* moi. Vous savez, car *je vous l'ai dit,* que j'ai changé de chambre peu de temps après mon arrivée. Vous savez encore, car *je vous l'ai dit également,* que depuis que je suis à Styles la clef de ma chambre a disparu et que j'ai dû en faire exécuter une autre.

Par conséquent, lorsque vous vous demandez « Qui aurait pu tuer Norton? Qui aurait pu sortir d'une chambre apparemment fermée de l'intérieur? », la réponse est la suivante :

Hercule Poirot qui, depuis qu'il est à Styles, est en possession d'un double de la clef de l'une des chambres.

Parlons maintenant de l'homme que vous avez vu dans le couloir. Je vous ai demandé si vous étiez sûr que c'était Norton. Vous avez paru surpris de la question et m'avez demandé à votre tour si je voulais insinuer que ce n'était pas lui. Je vous ai répondu la vérité : ce n'était nullement mon intention. (Bien entendu, puisque je m'étais donné beaucoup de mal pour vous laisser croire qu'il s'agissait de lui). J'ai ensuite soulevé la question de la *taille,* et je vous ai fait observer que tous les hommes résidant à Styles étaient nettement plus grands que lui. Il y en avait pourtant un qui était plus petit : *Hercule Poirot.* Mais il est relativement facile, au moyen de talonnettes, de gagner deux ou trois centimètres de hauteur.

Vous étiez également convaincu que j'étais incapable de me déplacer tout seul. Mais pourquoi? Uniquement parce que *je vous l'avais dit.* Enfin, j'avais éloigné George, et je vous laissais là ma dernière indication : « Allez voir George. »

Othello et Clutie John vous apprennent que notre mystérieux X n'était autre que Norton.

Qui donc avait pu tuer Norton?

Seul Hercule Poirot en avait eu la possibilité!

Si ce soupçon vous était venu à l'esprit, chaque pièce aurait retrouvé sa place dans le puzzle : les choses que j'avais dites et faites, ainsi que mes inexplicables réticences, les déclarations des médecins égyptiens et celles de mon médecin de Londres prétendant que je ne pouvais me déplacer, la déclaration de Georges concernant ma perruque, le fait — impossible à dissimuler — que je boitais beaucoup plus que Norton. Tous ces détails auraient dû vous mettre sur la voie.

Enfin, il y avait le coup de pistolet : ma seule faiblesse. Je me rends parfaitement compte que j'aurais dû appuyer le canon de mon arme contre la tempe de Norton. Mais je n'ai pu me résoudre à ce manque de symétrie : j'ai donc visé exactement au milieu du front...

Oh Hastings, Hastings, cela seul aurait dû vous faire comprendre, vous montrer la vérité.

Mais peut-être, après tout, l'avez-vous soupçonnée, cette vérité. Peut-être saviez-vous déjà avant de lire ces lignes. Pourtant... je ne le pense pas. Parce que vous êtes trop honnête, trop confiant; parce que vous avez une trop belle nature.

Que dirai-je encore? Franklin et Judith — je pense que vous le découvrirez — savaient la vérité; mais il ne vous l'auraient pas révélée. Ils ne seront peut-être pas bien riches, ils devront se protéger contre les moustiques et contre les fièvres; mais nous avons tous nos idées personnelles sur la manière de conduire notre vie, n'est-il pas vrai?

Et vous, mon pauvre Hastings solitaire? Mon cœur saigne en songeant à vous et votre âme désemparée. Voulez-vous, pour la dernière fois, suivre le conseil de votre vieux Poirot? Si oui, quand vous aurez achevé la lecture de ces lignes, prenez le train — ou un car, ou une voiture — et allez rendre visite à Elizabeth Cole, qui est aussi Elizabeth Lichfield. Lisez-lui ce que j'ai écrit ou dites-lui ce que contiennent ces pages. Expliquez-lui que, vous aussi, auriez pu agir comme sa sœur Margaret. Seulement, la pauvre Maggie n'avait pas de Poirot pour veiller sur elle. Dites tout cela à Elizabeth, et ôtez-lui de l'esprit ce cauchemar qui la hante depuis des années. Faites-lui comprendre que son père n'a pas été tué par sa propre fille, mais par ce sympathique ami de la famille : l'« honnête Iago » Stephen Norton. Car il n'est pas juste, mon ami, qu'une femme comme elle, encore jeune et belle, refuse de *vivre* parce qu'elle se croit marquée par le destin. Ce n'est pas vrai. Expliquez-le-lui, vous, mon ami, qui n'êtes pas encore sans attrait pour les femmes...

Eh bien, je n'ai plus rien à dire. Je ne sais, Hastings, si ce que j'ai fait est légitime ou non. Je ne le sais vraiment pas. Au fond, je ne crois pas qu'un homme ait le droit de se substituer à la loi. Mais, d'un autre côté, je suis un peu la loi. Tout jeune encore, alors que j'étais dans la police belge, j'ai abattu un criminel qui, perché sur un toit, tirait sur les passants. En cas d'urgence et de danger grave, j'ai sauvé d'autres vies humaines, des vies innocentes. Et pourtant, je ne sais pas... Peut-être vaut-il mieux que je ne sache pas. J'ai toujours été si sûr de moi... trop sûr...

Maintenant, avec humilité, comme un petit enfant, je dis : « Je ne sais pas ».

Adieu, mon cher ami. J'ai ôté de ma table de chevet les ampoules d'amylnitrate. Je préfère m'abandonner entre les mains du *Bon Dieu* (1). Puisse son châtiment — ou sa miséricorde — ne point se faire attendre!

Nous ne chasserons plus ensemble, mon ami. Notre première chasse, c'est ici que nous l'avions faite, vous rappelez-vous? Et c'est ici que nous aurons fait la dernière.

C'était le bon temps...

Oui, c'était vraiment le bon temps ».

(Fin du manuscrit d'Hercule Poirot)

Note finale du capitaine Arthur Hastings :
Je viens d'achever ma lecture... Et je ne puis encore y croire. Pourtant, Poirot avait raison; j'aurais dû savoir, j'aurais dû comprendre lorsque j'ai vu la blessure mortelle de Norton : la trace de la balle *exactement au milieu* du front.

C'est étrange. Je me souviens soudain que, ce matin-là, une pensée confuse était remontée du fond de mon subconscient.

Cette blessure au front de Norton... c'était comme la marque de Caïn.

(1) En français dans le texte.

Dans Le Livre de Poche policier

Extraits du catalogue

IMPRIMÉ EN FRANCE PAR BRODARD ET TAUPIN
Usine de La Flèche (Sarthe).
LIBRAIRIE GÉNÉRALE FRANÇAISE - 6, rue Pierre-Sarrazin - 75006 Paris.

ISBN : 2 - 253 - 06447 - 5 ⊕ 30/9599/7